La vendetta

ŒUVRES PRINCIPALES

Les chouans
Physiologie du mariage
Le colonel Chabert
La peau de chagrin
Le chef-d'œuvre inconnu
La recherche de l'absolu
La femme de trente ans
Le médecin de campagne
Eugénie Grandet
Le père Goriot
Le lys dans la vallée
Mémoires de deux jeunes mariées
César Birotteau
Une fille d'Ève
La fille aux yeux d'or
Le curé de village
Une ténébreuse affaire
La rabouilleuse
Illusions perdues
Le contrat de mariage
Les paysans
La maison du chat-qui-pelote
La cousine Bette
Le cousin Pons
Splendeurs et misères des courtisanes

Honoré de Balzac

La vendetta

suivi de *La bourse*

Texte intégral

Tous droits réservés

LA VENDETTA

DÉDIÉ À PUTTINATI
Sculpteur milanais

En 1800, vers la fin du mois d'octobre, un étranger, accompagné d'une femme et d'une petite fille, arriva devant les Tuileries à Paris, et se tint assez longtemps auprès des décombres d'une maison récemment démolie à l'endroit où s'élève aujourd'hui l'aile commencée qui devait unir le château de Catherine de Médicis au Louvre des Valois. Il resta là, debout, les bras croisés, la tête inclinée, et la relevait parfois pour regarder alternativement le palais consulaire, et sa femme assise auprès de lui sur une pierre. Quoique l'inconnue parût ne s'occuper que de la petite fille âgée de neuf à dix ans dont les longs cheveux noirs étaient comme un amusement entre ses mains, elle ne perdait aucun des regards que lui adressait son compagnon. Un même sentiment, autre que l'amour, unissait ces deux êtres, et animait d'une même inquiétude leurs mouvements et leurs pensées. La misère est peut-être le plus puissant de tous les liens. L'étranger avait une de ces têtes abondantes en cheveux, larges et graves, qui se sont souvent offertes au pinceau des Carrache. Ces cheveux si noirs étaient mélangés d'une grande quantité de cheveux blancs. Quoique nobles et fiers, ses traits avaient un ton de dureté qui les gâtait. Malgré sa force et sa taille droite, il semblait avoir plus de soixante ans. Ses vêtements délabrés annonçaient qu'il venait d'un pays étranger. Quoique la figure jadis belle et alors flétrie de la femme trahît une tristesse profonde, quand son mari la regardait elle s'efforçait de sourire en affectant une contenance calme. La petite fille restait debout, malgré la fatigue dont les marques frappaient son jeune visage hâlé par le soleil. Elle avait une tournure italienne, de grands yeux noirs sous des sourcils bien arqués, une noblesse native, une grâce vraie. Plus d'un passant se sentait ému au seul aspect de ce groupe dont les personnages ne faisaient aucun effort pour cacher un désespoir aussi profond que l'expression en était simple ; mais la source de cette fugitive obligeance qui distingue les Parisiens se tarissait promptement. Aussitôt que l'inconnu se croyait l'objet de l'attention de quelque oisif, il le regardait d'un air si farouche, que le flâneur le plus intrépide hâtait le pas comme s'il eût marché sur un serpent. Après être demeuré longtemps indécis, tout à coup le grand étranger passa la main sur son front, il en chassa, pour ainsi dire, les pensées qui l'avaient sillonné de rides, et prit sans doute un parti désespéré. Après avoir jeté un regard perçant sur sa femme et sur sa fille, il tira de sa veste un long poignard, le tendit à sa compagne, et lui dit en italien : « Je vais voir si les Bonaparte se souviennent de nous. » Et il marcha d'un pas lent et assuré vers l'entrée du palais, où il fut naturellement arrêté par un soldat de la garde consulaire avec lequel il ne put longtemps discuter. En s'apercevant de l'obstination de l'inconnu, la sentinelle lui présenta sa baïonnette en manière d'*ultimatum*. Le hasard voulut que l'on vînt en ce moment relever le soldat de sa faction, et le caporal indiqua fort obligeamment à l'étranger l'endroit où se tenait le commandant du poste.

« Faites savoir à Bonaparte que Bartholoméo di Piombo voudrait lui parler », dit l'Italien au capitaine de service.

Cet officier eut beau représenter à Bartholoméo qu'on ne voyait pas le Premier consul sans lui avoir préalablement demandé par écrit une audience, l'étranger voulut absolument que le militaire allât prévenir Bonaparte. L'officier objecta les lois de la consigne, et refusa formellement d'obtempérer à l'ordre de ce singulier solliciteur. Bartholoméo fronça le sourcil, jeta sur le commandant un regard terrible, et sembla le rendre responsable des malheurs que ce refus pouvait occasionner puis il garda le silence, se croisa fortement les bras sur la poitrine, et alla se placer sous le portique qui sert de communication entre la cour et le jardin des Tuileries. Les gens qui veulent fortement une chose sont presque toujours bien servis par le hasard. Au moment où Bartholoméo di Piombo s'asseyait sur une des bornes qui sont auprès de l'entrée des Tuileries, il arriva une voiture d'où descendit Lucien Bonaparte, alors ministre de l'Intérieur.

« Ah ! Loucian, il est bien heureux pour moi de te rencontrer », s'écria l'étranger.

Ces mots, prononcés en patois corse, arrêtèrent Lucien au moment où il s'élançait sous la voûte, il regarda son compatriote et le reconnut. Au premier mot que Bartholoméo lui dit à l'oreille, il emmena le Corse avec lui. Murat, Lannes, Rapp se trouvaient dans le cabinet du Premier consul. En voyant entrer Lucien, suivi d'un homme aussi singulier que l'était Piombo la conversation cessa. Lucien prit Napoléon par la main et le conduisit dans l'embrasure de la croisée. Après avoir échangé quelques paroles avec son frère, le Premier consul fit un geste de main auquel obéirent Murat et Lannes en s'en allant. Rapp feignit de n'avoir rien vu, afin de pouvoir rester. Bonaparte l'ayant interpellé vivement, l'aide de camp sortit en rechignant. Le Premier consul, qui entendit le bruit des pas de Rapp dans le salon voisin, sortit brusquement et le vit près du mur qui séparait le cabinet du salon.

« Tu ne veux donc pas me comprendre ? dit le Premier consul. J'ai besoin d'être seul avec mon compatriote.

— Un Corse, répondit l'aide de camp. Je me défie trop de ces gens-là pour ne pas... »

Le Premier consul ne put s'empêcher de sourire, et poussa légèrement son fidèle officier par les épaules.

« Eh bien, que viens-tu faire ici, mon pauvre Bartholoméo ? dit le Premier consul à Piombo.

— Te demander asile et protection, si tu es un vrai Corse, répondit Bartholoméo d'un ton brusque.

— Quel malheur a pu te chasser du pays ? Tu en étais le plus riche, le plus...

— J'ai tué tous les Porta », répliqua le Corse d'un son de voix profond en fronçant les sourcils.

Le Premier consul fit deux pas en arrière comme un homme surpris.

« Vas-tu me trahir ? s'écria Bartholoméo en jetant un regard sombre à Bonaparte. Sais-tu que nous sommes encore quatre Piombo en Corse ? »

Lucien prit le bras de son compatriote, et le secoua.

« Viens-tu donc ici pour menacer le sauveur de la France ? » lui dit-il vivement.

Bonaparte fit un signe à Lucien, qui se tut. Puis il regarda Piombo, et lui dit : « Pourquoi donc as-tu tué les Porta ?

— Nous avions fait amitié, répondit-il, les Barbante nous avaient réconciliés. Le lendemain du jour où nous trinquâmes pour noyer nos querelles, je les quittai parce que j'avais affaire à Bastia. Ils restèrent chez moi, et mirent le feu à ma vigne de Longone. Ils ont tué mon fils Grégorio. Ma fille Ginevra et ma femme leur ont échappé ; elles avaient communié le matin, la Vierge les a protégées. Quand je revins, je ne trouvai plus ma maison, je la cherchais les pieds dans ses cendres. Tout à coup je heurtai le corps de Grégorio, que je reconnus à la lueur de la lune. « Oh ! les Porta ont fait le coup ! » me dis-je. J'allai sur-le-champ dans les *Maquis*, j'y rassemblai quelques hommes auxquels j'avais rendu service, entends-tu, Bonaparte ? et nous marchâmes sur la vigne des Porta. Nous sommes arrivés à cinq heures du matin, à sept ils étaient tous devant Dieu. Giacomo prétend qu'Élisa Vanni a sauvé un enfant, le petit Luigi ; mais je l'avais attaché moi-même dans son lit avant de mettre le feu à la maison. J'ai quitté l'île avec ma femme et ma fille, sans avoir pu vérifier s'il était vrai que Luigi Porta vécût encore. »

Bonaparte regardait Bartholoméo avec curiosité, mais sans étonnement.

« Combien étaient-ils ? demanda Lucien.

— Sept, répondit Piombo. Ils ont été vos persécuteurs dans les temps », leur dit-il. Ces mots ne réveillèrent aucune expression de haine, chez les deux frères. « Ah ! vous n'êtes plus corses, s'écria Bartholoméo avec une sorte de désespoir. Adieu. Autrefois je vous ai protégés, ajouta-t-il d'un ton de reproche. Sans moi, ta mère ne serait pas arrivée à Marseille, dit-il en s'adressant à Bonaparte qui restait pensif le coude appuyé sur le manteau de la cheminée.

— En conscience, Piombo, répondit Napoléon, je ne puis pas te prendre sous mon aile. Je suis devenu le chef d'une grande nation, je commande la république, et dois faire exécuter les lois.

— Ah ! ah ! dit Bartholoméo.

— Mais je puis fermer les yeux, reprit Bonaparte. Le préjugé de la *Vendetta* empêchera longtemps le règne des lois en Corse, ajouta-t-il en se parlant à lui-même. Il faut cependant le détruire à tout prix. »

Bonaparte resta un moment silencieux, et Lucien fit signe à Piombo de ne rien dire. Le Corse agitait déjà la tête de droite et de gauche d'un air improbateur.

« Demeure ici, reprit le consul en s'adressant à Bartholoméo, nous n'en saurons rien. Je ferai acheter tes propriétés afin de te donner d'abord les moyens de vivre. Puis, dans quelque temps, plus tard, nous penserons à toi. Mais plus de *Vendetta* ! Il n'y a pas de maquis ici. Si tu y joues du poignard, il n'y aurait pas de grâce à espérer. Ici la loi protège tous les citoyens, et l'on ne se fait pas justice soi-même.

— Il s'est fait le chef d'un singulier pays, répondit Bartholoméo en prenant la main de Lucien et la serrant. Mais vous me reconnaissez dans le malheur, ce sera maintenant entre nous à la vie à la mort, et vous pouvez disposer de tous les Piombo. »

A ces mots, le front du Corse se dérida, et il regarda autour de lui avec satisfaction.

« Vous n'êtes pas mal ici, dit-il en souriant, comme s'il voulait y loger. Et tu es habillé tout en rouge comme un cardinal.

— Il ne tiendra qu'à toi de parvenir et d'avoir un palais à Paris, dit Bonaparte qui toisait son compatriote. Il m'arrivera plus d'une fois de regarder autour de moi pour chercher un ami dévoué auquel je puisse me confier. »

Un soupir de joie sortit de la vaste poitrine de Piombo qui tendit la main au Premier consul en lui disant : « Il y a encore du Corse en toi ! »

Bonaparte sourit. Il regarda silencieusement cet homme, qui lui apportait en quelque sorte l'air de sa patrie, de cette île où naguère il avait été sauvé si miraculeusement de la haine du *parti anglais*, et qu'il ne devait plus revoir. Il fit un signe à son frère, qui emmena Bartholoméo di Piombo. Lucien s'enquit avec intérêt de la situation financière de l'ancien protecteur de leur famille. Piombo amena le ministre de l'Intérieur auprès d'une fenêtre, et lui montra sa femme et Ginevra, assises toutes deux sur un tas de pierres.

« Nous sommes venus de Fontainebleau ici à pied, et nous n'avons pas une obole », lui dit-il.

Lucien donna sa bourse à son compatriote et lui recommanda de venir le trouver le lendemain afin d'aviser aux moyens d'assurer le sort de sa famille. La valeur de tous les biens que Piombo possédait en Corse ne pouvait guère le faire vivre honorablement à Paris.

Quinze ans s'écoulèrent entre l'arrivée de la famille Piombo à Paris et l'aventure suivante, qui, sans le récit de ces événements, eût été moins intelligible.

Servin, l'un de nos artistes les plus distingués, conçut le premier l'idée d'ouvrir un atelier pour les jeunes personnes qui veulent prendre des leçons de peinture. Âgé d'une quarantaine d'années, de mœurs pures et entièrement livré à son art, il avait épousé par inclination la fille d'un général sans fortune. Les mères conduisirent d'abord elles-mêmes leurs filles chez le professeur puis elles finirent par les y envoyer quand elles eurent bien connu ses principes et apprécié le soin qu'il mettait à mériter la confiance. Il était entré dans le plan du peintre de n'accepter pour écolières que des demoiselles appartenant à des familles riches ou considérées afin de n'avoir pas de reproches à subir sur la composition de son atelier ; il se refusait même à prendre les jeunes filles qui voulaient devenir artistes et auxquelles il aurait fallu donner certains enseignements sans lesquels il n'est pas de talent possible en peinture. Insensiblement sa prudence, la supériorité avec lesquelles il initiait ses élèves aux secrets de l'art, la certitude où les mères étaient de savoir leurs filles en compagnie de jeunes personnes bien élevées et la sécurité qu'inspiraient le caractère, les mœurs, le mariage de l'artiste, lui valurent dans les salons une excellente renommée. Quand une jeune fille manifestait le désir d'apprendre à peindre ou à dessiner, et que sa mère demandait conseil : « Envoyez-la chez Servin ! » était la réponse de chacun. Servin devint donc pour la peinture féminine une spécialité, comme Herbault pour les chapeaux, Leroy pour les modes et Chevet pour les comestibles. Il était reconnu qu'une jeune femme qui avait pris des leçons chez Servin pouvait juger en dernier ressort les tableaux du Musée, faire supérieurement un portrait, copier une toile et peindre son tableau de genre. Cet artiste suffisait ainsi à tous les besoins de l'aristocratie. Malgré les rapports qu'il avait avec les meilleures maisons de Paris, il était indépendant, patriote, et conservait avec tout le monde ce ton léger, spirituel, parfois ironique, cette liberté de jugement qui distinguent les peintres. Il avait poussé le scrupule de ses précautions jusque dans l'ordonnance du local où étudiaient ses écolières. L'entrée du grenier qui régnait au-dessus de ses appartements avait été murée. Pour parvenir à cette retraite, aussi sacrée qu'un harem, il fallait monter par un escalier pratiqué dans l'intérieur de son logement. L'atelier, qui occupait tout le comble de la maison, offrait ces proportions énormes qui surprennent toujours les curieux quand, arrivés à soixante pieds du sol, ils s'attendent à voir les artistes logés dans une gouttière. Cette espèce de galerie était profusément éclairée par d'immenses châssis vitrés et garnis de ces grandes toiles vertes à l'aide desquelles les peintres disposent de la lumière. Une foule de caricatures, de têtes faites au trait, avec de la couleur ou la pointe d'un couteau, sur les murailles peintes en gris foncé, prouvaient, sauf la différence de l'expression, que les filles les plus distinguées ont dans l'esprit autant de folie que les hommes peuvent en avoir. Un petit poêle et ses grands tuyaux, qui décrivaient un effroyable zigzag avant d'atteindre les hautes régions du toit, étaient l'infaillible ornement de cet atelier. Une planche régnait autour des murs et soutenait des modèles en plâtre qui gisaient confusément placés, la plupart couverts d'une blonde poussière. Au-dessous de ce rayon, çà et là, une tête de Niobé pendue à un clou montrait sa pose de douleur, une Vénus souriait, une main se présentait brusquement aux yeux comme celle d'un pauvre demandant l'aumône, puis quelques *écorchés* jaunis par la fumée avaient l'air de membres arrachés la veille à des cercueils ; enfin des tableaux, des dessins, des mannequins, des cadres sans toiles et des toiles sans cadres achevaient de donner à cette pièce irrégulière la physionomie d'un atelier que distingue un singulier mélange d'ornement et de nudité, de misère et de richesse, de soin et d'incurie. Cet immense vaisseau, où tout paraît petit même l'homme, sent la coulisse d'opéra ; il s'y trouve de vieux linges, des armures dorées, des lambeaux d'étoffe, des machines ; mais il y a je ne sais quoi de grand comme la pensée : le génie et la mort sont là ; la Diane ou l'Apollon auprès d'un crâne ou d'un squelette, le beau et le désordre, la poésie et la réalité, de riches couleurs dans l'ombre, et souvent tout un drame immobile et silencieux. Quel symbole d'une tête d'artiste !

Au moment où commence cette histoire, le brillant soleil du mois de juillet illuminait l'atelier, et deux rayons le traversaient dans sa profondeur en y traçant de larges bandes d'or diaphanes où brillaient des grains de poussière. Une douzaine de chevalets élevaient leurs flèches aiguës, semblables à des mâts de vaisseau dans un port. Plusieurs jeunes filles animaient cette scène par la variété de leurs physionomies, de leurs attitudes, et par la différence de leurs toilettes. Les fortes ombres que jetaient les serges vertes, placées suivant les besoins de chaque chevalet, produisaient une multitude de contrastes, de piquants effets de clair-obscur. Ce groupe formait le plus beau de tous les tableaux de l'atelier. Une jeune fille blonde et mise simplement se tenait loin de ses compagnes, travaillait avec courage en paraissant prévoir le malheur ; nulle ne la regardait, ne lui adressait la parole : elle était la plus jolie, la plus modeste et la moins riche. Deux groupes principaux, séparés l'un de l'autre par une faible distance, indiquaient deux sociétés, deux esprits jusque dans cet atelier où les rangs et la fortune auraient dû s'oublier. Assises ou debout, ces jeunes filles, entourées de leurs boîtes à couleurs, jouant avec leurs pinceaux ou les préparant, maniant leurs éclatantes palettes, peignant, parlant, riant, chantant, abandonnées à leur naturel, laissant voir leur caractère, composaient un spectacle inconnu aux hommes : celle-ci, fière, hautaine, capricieuse, aux cheveux noirs, aux belles mains, lançait au hasard la flamme de ses regards ; celle-là, insouciante et gaie, le sourire sur les lèvres, les cheveux châtains, les mains blanches et délicates, vierge française, légère, sans arrière-pensée, vivant de sa vie actuelle ; une autre, rêveuse, mélancolique, pâle, penchant la tête comme une fleur qui tombe ; sa voisine, au contraire, grande, indolente, aux habitudes musulmanes, l'œil long, noir, humide ; parlant peu, mais songeant et regardant à la dérobée la tête d'Antinoüs. Au milieu d'elles, comme le *jocoso* d'une pièce espagnole, pleine d'esprit et de saillies épigrammatiques, une fille les espionnait toutes d'un seul coup d'œil, les faisait rire et levait sans cesse sa figure trop vive pour n'être pas jolie ; elle commandait au premier groupe des écolières qui comprenait les filles de banquier, de notaire et de négociant ; toutes riches, mais essuyant toutes les dédains imperceptibles quoique poignants que leur prodiguaient les autres jeunes personnes appartenant à l'aristocratie. Celles-ci étaient gouvernées par la fille d'un huissier du cabinet du roi, petite créature aussi sotte que vaine, et fière d'avoir pour père un homme *ayant une charge* à la Cour ; elle voulait toujours paraître avoir compris du premier coup les observations du maître, et semblait travailler par grâce ; elle se servait d'un lorgnon, ne venait que très parée, tard, et suppliait ses compagnes de parler bas. Dans ce second groupe, on eût remarqué des tailles délicieuses, des figures distinguées ; mais les regards de ces jeunes filles offraient peu de naïveté. Si leurs attitudes étaient élégantes et leurs mouvements gracieux, les figures manquaient de franchise, et l'on devinait facilement qu'elles appartenaient à un monde où la politesse façonne de bonne heure les caractères, où l'abus des jouissances sociales tue les sentiments et développe l'égoïsme. Lorsque cette réunion était complète, il se trouvait dans le nombre de ces jeunes filles des têtes enfantines, des vierges d'une pureté ravissante, des visages dont la bouche légèrement entrouverte laissait voir des dents vierges, et sur laquelle errait un sourire de vierge. L'atelier ne ressemblait pas à un sérail, mais à un groupe d'anges assis sur un nuage dans le ciel.

A midi, Servin n'avait pas encore paru. Depuis quelques jours, la plupart du temps il restait à un atelier qu'il avait ailleurs et où il achevait un tableau pour l'exposition. Tout à coup, Mlle Amélie Thirion, chef du parti aristocratique de cette petite assemblée, parla longtemps à sa voisine, il se fit un grand silence dans le groupe des patriciennes ; le parti de la banque étonné se tut également, et tâcha de deviner le sujet d'une semblable conférence ; mais le secret des jeunes *ultra* fut bientôt connu. Amélie se leva, prit à quelques pas d'elle un chevalet pour le replacer à une assez grande distance du noble groupe, près d'une cloison grossière qui séparait l'atelier d'un cabinet obscur où l'on mettait les plâtres brisés, les toiles condamnées par le professeur, et la provision de bois en hiver. L'action d'Amélie excita un murmure de surprise qui ne l'empêcha pas d'achever ce déménagement en roulant vivement près du chevalet la boîte à couleurs et le tabouret, tout jusqu'à un tableau de Prudhon que copiait sa compagne absente. Après ce coup d'État, si le côté droit se mit à travailler silencieusement, le côté gauche pérora longuement.

« Que va dire Mlle Piombo ? demanda une jeune fille à Mlle Mathilde Roguin, l'oracle malicieux du premier groupe.

— Elle n'est pas fille à parler, répondit-elle ; mais dans cinquante ans elle se souviendra de cette injure comme si elle l'avait reçue la veille, et saura s'en venger cruellement. C'est une personne avec laquelle je ne voudrais pas être en guerre.

— La proscription dont la frappent ces demoiselles est d'autant plus injuste, dit une autre jeune fille, qu'avant-hier Mlle Ginevra était fort triste ; son père venait, dit-on, de donner sa démission. Ce serait donc ajouter à son malheur, tandis qu'elle a été fort bonne pour ces demoiselles pendant les Cent-Jours. Leur a-t-elle jamais dit une parole qui pût les blesser ? Elle évitait au contraire de parler politique. Mais nos Ultras paraissent agir plutôt par jalousie que par esprit de parti.

— J'ai envie d'aller chercher le chevalet de Mlle Piombo, et de le mettre auprès du mien », dit Mathilde Roguin. Elle se leva, mais une réflexion la fit rasseoir : « Avec un caractère comme celui de Mlle Ginevra, dit-elle, on ne peut pas savoir de quelle manière elle prendrait notre politesse, attendons l'événement.

— *Ecco la* », dit languissamment la jeune fille aux yeux noirs.

En effet, le bruit des pas d'une personne qui montait l'escalier retentit dans la salle. Ce mot : « La voici ! » passa de bouche en bouche, et le plus profond silence régna dans l'atelier.

Pour comprendre l'importance de l'ostracisme exercé par Amélie Thirion, il est nécessaire d'ajouter que cette scène avait lieu vers la fin du mois de juillet 1815. Le second retour des Bourbons venait de troubler bien des amitiés qui avaient résisté au mouvement de la première restauration. En ce moment les familles presque toutes divisées d'opinion, renouvelaient plusieurs de ces déplorables scènes qui souillent l'histoire de tous les pays aux époques de guerre civile ou religieuse. Les enfants, les jeunes filles, les vieillards partageaient la fièvre monarchique à laquelle le gouvernement était en proie. La discorde se glissait sous tous les toits, et la défiance teignait de ses sombres couleurs les actions et les discours les plus intimes. Ginevra Piombo aimait Napoléon avec idolâtrie, et comment aurait-elle pu le haïr ? l'Empereur était son compatriote et le bienfaiteur de son père. Le baron de Piombo était un des serviteurs de Napoléon qui avaient coopéré le plus efficacement au retour de l'île d'Elbe. Incapable de renier sa foi politique, jaloux même de la confesser, le vieux baron de Piombo restait à Paris au milieu de ses ennemis. Ginevra Piombo pouvait donc être d'autant mieux mise au nombre des personnes suspectes, qu'elle ne faisait pas mystère du chagrin que la seconde restauration causait à sa famille. Les seules larmes qu'elle eût peut-être versées dans sa vie lui furent arrachées par la double nouvelle de la captivité de Bonaparte sur le *Bellérophon* et de l'arrestation de Labédoyère.

Les jeunes personnes qui composaient le groupe des nobles appartenaient aux familles royalistes les plus exaltées de Paris. Il serait difficile de donner une idée des exagérations de cette époque et de l'horreur que causaient les bonapartistes. Quelque insignifiante et petite que puisse paraître aujourd'hui l'action d'Amélie Thirion, elle était alors une expression de haine fort naturelle. Ginevra Piombo, l'une des premières écolières de Servin, occupait la place dont on voulait la priver depuis le jour où elle était venue à l'atelier ; le groupe aristocratique l'avait insensiblement entourée : la chasser d'une place qui lui appartenait en quelque sorte était non seulement lui faire injure, mais lui causer une espèce de peine ; car les artistes ont tous une place de prédilection pour leur travail. Mais l'animadversion politique entrait peut-être pour peu de chose dans la conduite de ce petit Côté Droit de l'atelier. Ginevra Piombo, la plus forte des élèves de Servin, était l'objet d'une profonde jalousie : le maître professait autant d'admiration pour les talents que pour le caractère de cette élève favorite, qui servait de terme à toutes ses comparaisons ; enfin, sans qu'on s'expliquât l'ascendant que cette jeune personne obtenait sur tout ce qui l'entourait, elle exerçait sur ce petit monde un prestige presque semblable à celui de Bonaparte sur ses soldats. L'aristocratie de l'atelier avait résolu depuis plusieurs jours la chute de cette reine ; mais, personne n'ayant encore osé s'éloigner de la bonapartiste, Mlle Thirion venait de frapper un coup décisif, afin de rendre ses compagnes complices de sa haine. Quoique Ginevra fût sincèrement aimée par deux ou trois des Royalistes, presque toutes chapitrées au logis paternel relativement à la politique, elles jugèrent avec ce tact particulier aux femmes qu'elles devaient rester indifférentes à la querelle. A son arrivée, Ginevra fut donc accueillie par un profond silence. De toutes les jeunes filles venues jusqu'alors dans l'atelier de Servin, elle était la plus belle, la plus grande et la mieux faite. Sa démarche possédait un caractère de noblesse et de grâce qui commandait le respect. Sa figure empreinte d'intelligence semblait rayonner, tant y respirait cette animation particulière aux Corses et qui n'exclut point le calme. Ses longs cheveux, ses yeux et ses cils noirs exprimaient la passion. Quoique les coins de sa bouche se dessinassent mollement et que ses lèvres fussent un peu trop fortes, il s'y peignait cette bonté que donne aux êtres forts la conscience de leur force. Par un singulier caprice de la nature, le charme de son visage se trouvait en quelque sorte démenti par un front de marbre où se peignait une fierté presque sauvage, où respiraient les mœurs de la Corse. Là était le seul lien qu'il y eût entre elle et son pays natal : dans tout le reste de sa personne, la simplicité, l'abandon des beautés lombardes séduisaient si bien qu'il fallait ne pas la voir pour lui causer la moindre peine. Elle inspirait un si vif attrait que, par prudence, son vieux père la faisait accompagner jusqu'à l'atelier. Le seul défaut de cette créature véritablement poétique venait de la puissance même d'une beauté si largement développée : elle avait l'air d'être femme. Elle s'était refusée au mariage, par amour pour son père et sa mère, en se sentant nécessaire à leurs vieux jours. Son goût pour la peinture avait remplacé les passions qui agitent ordinairement les femmes.

« Vous êtes bien silencieuses aujourd'hui, mesdemoiselles, dit-elle après avoir fait deux ou trois pas au milieu de ses compagnes. Bonjour, ma petite Laure, ajouta-t-elle d'un ton doux et caressant en s'approchant de la jeune fille qui peignait loin des autres. Cette tête est fort bien ! Les chairs sont un peu trop roses, mais tout en est dessiné à merveille. »

Laure leva la tête, regarda Ginevra d'un air attendri, et leurs figures s'épanouirent en exprimant une même affection. Un faible sourire anima les lèvres de l'Italienne qui paraissait songeuse, et qui se dirigea lentement vers sa place en regardant avec nonchalance les dessins ou les tableaux, en disant bonjour à chacune des jeunes filles du premier groupe, sans s'apercevoir de la curiosité insolite qu'excitait sa présence. On eût dit d'une reine dans sa cour. Elle ne donna aucune attention au profond silence qui régnait parmi les patriciennes, et passa devant leur camp sans prononcer un seul mot. Sa préoccupation fut si grande qu'elle se mit à son chevalet, ouvrit sa boîte à couleurs, prit ses brosses, revêtit ses manches brunes, ajusta son tablier, regarda son tableau, examina sa palette sans penser, pour ainsi dire, à ce qu'elle faisait. Toutes les têtes du groupe des bourgeoises étaient tournées vers elle. Si les jeunes personnes du camp Thirion ne mettaient pas tant de franchise que leurs compagnes dans leur impatience, leurs œillades n'en étaient pas moins dirigées sur Ginevra.

« Elle ne s'aperçoit de rien », dit Mlle Roguin.

En ce moment Ginevra quitta l'attitude méditative dans

laquelle elle avait contemplé sa toile, et tourna la tête vers le groupe aristocratique. Elle mesura d'un seul coup d'œil la distance qui l'en séparait, et garda le silence.

« Elle ne croit pas qu'on ait eu la pensée de l'insulter, dit Mathilde, elle n'a ni pâli, ni rougi. Comme ces demoiselles vont être vexées si elle se trouve mieux à sa nouvelle place qu'à l'ancienne ! — Vous êtes là hors ligne, mademoiselle », ajouta-t-elle alors à haute voix en s'adressant à Ginevra.

L'Italienne feignit de ne pas entendre, ou peut-être n'entendit-elle pas, elle se leva brusquement, longea avec une certaine lenteur la cloison qui séparait le cabinet noir de l'atelier, et parut examiner le châssis d'où venait le jour en y donnant tant d'importance qu'elle monta sur une chaise pour attacher beaucoup plus haut la serge verte qui interceptait la lumière. Arrivée à cette hauteur, elle atteignit à une crevasse assez légère dans la cloison, le véritable but de ses efforts, car le regard qu'elle y jeta ne peut se comparer qu'à celui d'un avare découvrant les trésors d'Aladin ; elle descendit vivement, revint à sa place, ajusta son tableau, feignit d'être mécontente du jour, approcha de la cloison une table sur laquelle elle mit une chaise, grimpa lestement sur cet échafaudage, et regarda de nouveau par la crevasse. Elle ne jeta qu'un regard dans le cabinet alors éclairé par un jour de souffrance qu'on avait ouvert, et ce qu'elle y aperçut produisit sur elle une sensation si vive qu'elle tressaillit.

« Vous allez tomber, mademoiselle Ginevra », s'écria Laure.

Toutes les jeunes filles regardèrent l'imprudente qui chancelait. La peur de voir arriver ses compagnes auprès d'elle lui donna du courage, elle retrouva ses forces et son équilibre, se tourna vers Laure en se dandinant sur sa chaise, et dit d'une voix émue : « Bah ! c'est encore un peu plus solide qu'un trône ! » Elle se hâta d'arracher la serge, descendit, repoussa la table et la chaise bien loin de la cloison, revint à son chevalet, et fit encore quelques essais en ayant l'air de chercher une masse de lumière qui lui convînt. Son tableau ne l'occupait guère, son but était de s'approcher du cabinet noir auprès duquel elle se plaça, comme elle le désirait, à côté de la porte. Puis elle se mit à préparer sa palette en gardant le plus profond silence. A cette place, elle entendit bientôt plus distinctement le léger bruit qui, la veille, avait si fortement excité sa curiosité et fait parcourir à sa jeune imagination le vaste champ des conjectures. Elle reconnut facilement la respiration forte et régulière de l'homme endormi qu'elle venait de voir. Sa curiosité était satisfaite au-delà de ses souhaits, mais elle se trouvait chargée d'une immense responsabilité. A travers la crevasse, elle avait entrevu l'aigle impériale et, sur un lit de sangles faiblement éclairé, la figure d'un officier de la Garde. Elle devina tout : Servin cachait un proscrit. Maintenant elle tremblait qu'une de ses compagnes ne vînt examiner son tableau, et n'entendît ou la respiration de ce malheureux ou quelque aspiration trop forte, comme celle qui était arrivée à son oreille pendant la dernière leçon. Elle résolut de rester auprès de cette porte, en se fiant à son adresse pour déjouer les chances du sort.

« Il vaut mieux que je sois là, pensait-elle, pour prévenir un accident sinistre, que de laisser le pauvre prisonnier à la merci d'une étourderie. » Tel était le secret de l'indifférence apparente que Ginevra avait manifestée en trouvant son chevalet dérangé ; elle en fut intérieurement enchantée, puisqu'elle avait pu satisfaire assez naturellement sa curiosité : puis, en ce moment, elle était trop vivement préoccupée pour chercher la raison de son déménagement. Rien n'est plus mortifiant pour des jeunes filles, comme pour tout le monde, que de voir une méchanceté, une insulte ou un bon mot manquant leur effet par suite du dédain qu'en témoigne la victime. Il semble que la haine envers un ennemi s'accroisse de toute la hauteur à laquelle il s'élève au-dessus de nous. La conduite de Ginevra devint une énigme pour toutes ses compagnes. Ses amies comme ses ennemies furent également surprises ; car on lui accordait toutes les qualités possibles, hormis le pardon des injures. Quoique les occasions de déployer ce vice de caractère eussent été rarement offertes à Ginevra dans les événements de sa vie d'atelier, les exemples qu'elle avait pu donner de ses dispositions vindicatives et de sa fermeté n'en avaient pas moins laissé des impressions profondes dans l'esprit de ses compagnes. Après bien des conjectures, Mlle Roguin finit par trouver dans le silence de l'Italienne une grandeur d'âme au-dessus de tout éloge ; et son cercle, inspiré par elle, forma le projet d'humilier l'aristocratie de l'atelier. Elles parvinrent à leur but par un feu de sarcasmes qui abattit l'orgueil du Côté Droit. L'arrivée de Mme Servin mit fin à cette lutte d'amour-propre. Avec cette finesse qui accompagne toujours la méchanceté, Amélie avait remarqué, analysé, commenté la prodigieuse préoccupation qui empêchait Ginevra d'entendre la dispute aigrement polie dont elle était l'objet. La vengeance que Mlle Roguin et ses compagnes tiraient de Mlle Thirion et de son groupe eut alors le fatal effet de faire rechercher par les jeunes Ultras la cause du silence que gardait Ginevra di Piombo. La belle Italienne devint donc le centre de tous les regards, et fut épiée par ses amies comme par ses ennemies. Il est bien difficile de cacher la plus petite émotion, le plus léger sentiment, à quinze jeunes filles curieuses, inoccupées, dont la malice et l'esprit ne demandent que des secrets à deviner, des intrigues à créer, à déjouer, et qui savent trouver trop d'interprétations différentes à un geste, à une œillade, à une parole, pour ne pas en découvrir la véritable signification. Aussi le secret de Ginevra di Piombo fut-il bientôt en grand péril d'être connu. En ce moment la présence de Mme Servin produisit un entracte dans le drame qui se jouait sourdement au fond de ces jeunes cœurs et dont les sentiments, les pensées, les progrès étaient exprimés par des phrases presque allégoriques, par de malicieux coups d'œil, par des gestes, et par le silence même, souvent plus intelligible que la parole. Aussitôt que Mme Servin entra dans l'atelier, ses yeux se portèrent sur la porte auprès de laquelle était Ginevra. Dans les circonstances présentes, ce regard ne fut pas perdu. Si d'abord aucune des écolières n'y fit attention, plus tard Mlle Thirion s'en souvint, et s'expliqua la défiance, la crainte et le mystère qui donnèrent alors quelque chose de fauve aux yeux de Mme Servin.

« Mesdemoiselles, dit-elle, M. Servin ne pourra pas venir aujourd'hui. » Puis elle complimenta chaque jeune personne, en recevant de toutes une foule de ces caresses féminines qui sont autant dans la voix et dans les regards que dans les gestes. Elle arriva promptement auprès de Ginevra, dominée par une inquiétude qu'elle déguisait en vain. L'Italienne et la femme du peintre se firent un signe de tête amical, et restèrent toutes deux silencieuses, l'une peignant, l'autre regardant peindre. La respiration du militaire s'entendait facilement, mais Mme Servin ne parut pas s'en apercevoir ; et sa dissimulation était si grande, que Ginevra fut tentée de l'accuser d'une surdité volontaire. Cependant l'inconnu se remua dans son lit. L'Italienne regarda fixement Mme Servin, qui lui dit alors, sans que son visage éprouvât la plus légère altération : « Votre copie est aussi belle que l'original. S'il me fallait choisir, je serais fort embarrassée. »

« M. Servin n'a pas mis sa femme dans la confidence de ce mystère », pensa Ginevra qui, après avoir répondu à la jeune femme par un doux sourire d'incrédulité, fredonna une *canzonnetta* de son pays pour couvrir le bruit que pourrait faire le prisonnier.

C'était quelque chose de si insolite que d'entendre la studieuse Italienne chanter, que toutes les jeunes filles surprises la regardèrent. Plus tard cette circonstance servit de preuve aux charitables suppositions de la haine. Mme Servin s'en alla bientôt, et la séance s'acheva sans autres événements. Ginevra laissa partir ses compagnes et parut vouloir travailler longtemps encore ; mais elle trahissait à son insu son désir de rester seule, car à mesure que les écolières se préparaient à sortir, elle leur jetait des regards d'impatience mal déguisée. Mlle Thirion, devenue en peu d'heures une cruelle ennemie pour celle qui la primait en tout, devina par un instinct de haine que la fausse application de sa rivale cachait un mystère. Elle avait été frappée plus d'une fois de l'air attentif avec lequel Ginevra s'était mis à écouter un bruit que personne n'entendait. L'expression qu'elle surprit en dernier lieu dans les yeux de l'Italienne fut pour elle un trait de lumière. Elle s'en alla la dernière de toutes les écolières et descendit chez Mme Servin avec laquelle elle causa un instant ; puis elle feignit d'avoir oublié son sac, remonta tout doucement à l'atelier, et aperçut Ginevra grimpée sur un échafaudage fait à la hâte et si absorbée dans la contemplation du militaire inconnu qu'elle n'entendit pas le léger bruit que produisaient les pas de sa compagne. Il est vrai que, suivant une expression de Walter Scott, Amélie marchait comme sur des œufs ; elle regagna promptement la porte de l'atelier et toussa. Ginevra tressaillit, tourna la tête, vit son ennemie, rougit, s'empressa de détacher la serge pour donner le change sur ses intentions et descendit après avoir rangé sa boîte à couleurs. Elle quitta l'atelier en emportant gravée dans son souvenir l'image d'une tête d'homme aussi gracieuse que celle de l'Endymion, chef-d'œuvre de Girodet qu'elle avait copié quelques jours auparavant.

« Proscrire un homme si jeune ! Qui donc peut-il être, car ce n'est pas le maréchal Ney ? »

Ces deux phrases sont l'expression la plus simple de toutes les idées que Ginevra commenta pendant deux jours. Le surlendemain, malgré sa diligence pour arriver la première à l'atelier, elle y trouva Mlle Thirion qui s'y était fait conduire en voiture. Ginevra et son ennemie s'observèrent longtemps ; mais elles se composèrent des visages impénétrables l'une pour l'autre. Amélie avait vu la tête ravissante de l'inconnu ; mais, heureusement et malheureusement tout à la fois, les aigles et l'uniforme n'étaient pas placés dans l'espace que la fente lui avait permis d'apercevoir. Elle se perdit alors en conjectures. Tout à coup Servin arriva beaucoup plus tôt qu'à l'ordinaire.

« Mademoiselle Ginevra, dit-il après avoir jeté un coup d'œil sur l'atelier, pourquoi vous êtes-vous mise là ? Le jour est mauvais. Approchez-vous donc de ces demoiselles, et descendez un peu votre rideau. »

Puis il s'assit auprès de Laure, dont le travail méritait ses plus complaisantes corrections.

« Comment donc ! s'écria-t-il, voici une tête supérieurement faite. Vous serez une seconde Ginevra. »

Le maître alla de chevalet en chevalet, grondant, flattant, plaisantant, et faisant, comme toujours, craindre plutôt ses plaisanteries que ses réprimandes. L'Italienne n'avait pas obéi aux observations du professeur et restait à son poste avec la ferme intention de ne pas s'en écarter. Elle prit une feuille de papier et se mit à *croquer* à la sépia la tête du pauvre reclus. Une œuvre conçue avec passion porte toujours un cachet particulier. La faculté d'imprimer aux traductions de la nature ou de la pensée des couleurs vraies constitue le génie, et souvent la passion en tient lieu. Aussi, dans la circonstance où se trouvait Ginevra, l'intuition qu'elle devait à sa mémoire vivement frappée, ou la nécessité peut-être, cette mère des grandes choses, lui prêta-t-elle un talent surnaturel. La tête de l'officier fut jetée sur le papier au milieu d'un tressaillement intérieur qu'elle attribuait à la crainte, et dans lequel un physiologiste aurait reconnu la fièvre de l'inspiration. Elle glissait de temps en temps un regard furtif sur ses compagnes, afin de pouvoir cacher le lavis en cas d'indiscrétion de leur part. Malgré son active surveillance, il y eut un moment où elle n'aperçut pas le lorgnon que son impitoyable ennemie braquait sur le mystérieux dessin en s'abritant derrière un grand portefeuille. Mlle Thirion, qui reconnut la figure du proscrit, leva brusquement la tête, et Ginevra serra la feuille de papier.

« Pourquoi êtes-vous donc restée là malgré mon avis, mademoiselle ? » demanda gravement le professeur à Ginevra.

L'écolière tourna vivement son chevalet de manière que personne ne pût voir son lavis, et dit d'une voix émue en le montrant à son maître : « Ne trouvez-vous pas comme moi que ce jour est plus favorable ? ne dois-je pas rester là ? »

Servin pâlit. Comme rien n'échappe aux yeux perçants de la haine, Mlle Thirion se mit, pour ainsi dire, en tiers dans les émotions qui agitèrent le maître et l'écolière.

« Vous avez raison, dit Servin. Mais vous en saurez bientôt plus que moi », ajouta-t-il en riant forcément. Il y eut une pause pendant laquelle le professeur contempla la tête de l'officier. « Ceci est un chef-d'œuvre digne de Salvator Rosa », s'écria-t-il avec une énergie d'artiste.

A cette exclamation, toutes les jeunes personnes se levèrent, et

Mlle Thirion accourut avec la vélocité du tigre qui se jette sur sa proie. En ce moment le proscrit éveillé par le bruit se remua. Ginevra fit tomber son tabouret, prononça des phrases assez incohérentes et se mit à rire ; mais elle avait plié le portrait et l'avait jeté dans son portefeuille avant que sa redoutable ennemie eût pu l'apercevoir. Le chevalet fut entouré, Servin détailla à haute voix les beautés de la copie que faisait en ce moment son élève favorite, et tout le monde fut dupe de ce stratagème, moins Amélie qui, se plaçant en arrière de ses compagnes, essaya d'ouvrir le portefeuille où elle avait vu mettre le lavis. Ginevra saisit le carton et le plaça devant elle sans mot dire. Les deux jeunes filles s'examinèrent alors en silence.

« Allons, mesdemoiselles, à vos places, dit Servin. Si vous voulez en savoir autant que Mlle de Piombo, il ne faut pas toujours parler modes ou bals et baguenauder comme vous faites. »

Quand toutes les jeunes personnes eurent regagné leurs chevalets, Servin s'assit auprès de Ginevra.

« Ne valait-il pas mieux que ce mystère fût découvert par moi que par une autre ? dit l'Italienne en parlant à voix basse.

— Oui, répondit le peintre. Vous êtes patriote ; mais, ne le fussiez-vous pas, ce serait encore vous à qui je l'aurais confié. »

Le maître et l'écolière se comprirent, et Ginevra ne craignit plus de demander : « Qui est-ce ?

— L'ami intime de Labédoyère, celui qui, après l'infortuné colonel, a contribué le plus à la réunion du septième avec les grenadiers de l'île d'Elbe. Il était chef d'escadron dans la Garde, et revient de Waterloo.

— Comment n'avez-vous pas brûlé son uniforme, son shako, et ne lui avez-vous pas donné des habits bourgeois ? dit vivement Ginevra.

— On doit m'en apporter ce soir.

— Vous auriez dû fermer notre atelier pendant quelques jours.

— Il va partir.

— Il veut donc mourir ? dit la jeune fille. Laissez-le chez vous pendant le premier moment de la tourmente. Paris est encore le seul endroit de la France où l'on puisse cacher sûrement un homme. Il est votre ami ? demanda-t-elle.

— Non, il n'a pas d'autres titres à ma recommandation que son malheur. Voici comment il m'est tombé sur les bras : mon beau-père, qui avait repris du service pendant cette campagne, a rencontré ce pauvre jeune homme, et l'a très subtilement sauvé des griffes de ceux qui ont arrêté Labédoyère. Il voulait le défendre, l'insensé !

— C'est vous qui le nommez ainsi ! s'écria Ginevra en lançant un regard de surprise au peintre qui garda le silence un moment.

— Mon beau-père est trop espionné pour pouvoir garder quelqu'un chez lui, reprit-il. Il me l'a donc nuitamment amené la semaine dernière. J'avais espéré le dérober à tous les yeux en le mettant dans ce coin, le seul endroit de la maison où il puisse être en sûreté.

— Si je puis vous être utile, employez-moi, dit Ginevra, je connais le maréchal Feltre.

— Eh bien ! nous verrons », répondit le peintre.

Cette conversation dura trop longtemps pour ne pas être remarquée de toutes les jeunes filles. Servin quitta Ginevra, revint encore à chaque chevalet, et donna de si longues leçons qu'il était encore sur l'escalier quand sonna l'heure à laquelle ses écolières avaient l'habitude de partir.

« Vous oubliez votre sac, mademoiselle Thirion », s'écria le professeur en courant après la jeune fille qui descendait jusqu'au métier d'espion pour satisfaire sa haine.

La curieuse élève vint chercher son sac en manifestant un peu de surprise de son étourderie, mais le soin de Servin fut pour elle une nouvelle preuve de l'existence d'un mystère dont la gravité n'était pas douteuse ; elle avait déjà inventé tout ce qui devait être, et pouvait dire comme l'abbé Vertot : « *Mon siège est fait.* » Elle descendit bruyamment l'escalier et tira violemment la porte qui donnait dans l'appartement de Servin, afin de faire croire qu'elle sortait ; mais elle remonta doucement, et se tint derrière la porte de l'atelier. Quand le peintre et Ginevra se crurent seuls, il frappa d'une certaine manière à la porte de la mansarde qui tourna aussitôt sur ses gonds rouillés et criards. L'Italienne vit paraître un jeune homme grand et bien fait dont l'uniforme impérial lui fit battre le cœur. L'officier avait un bras en écharpe, et la pâleur de son teint accusait de vives souffrances. En apercevant une inconnue, il tressaillit. Amélie, qui ne pouvait rien voir, trembla de rester plus longtemps ; mais il lui suffisait d'avoir entendu le grincement de la porte, elle s'en alla sans bruit.

« Ne craignez rien, dit le peintre à l'officier, mademoiselle est la fille du plus fidèle ami de l'Empereur, le baron de Piombo. »

Le jeune militaire ne conserva plus de doute sur le patriotisme de Ginevra, après l'avoir vue.

« Vous êtes blessé ? dit-elle.

— Oh ! ce n'est rien, mademoiselle, la plaie se referme. »

En ce moment, les voix criardes et perçantes des colporteurs arrivèrent jusqu'à l'atelier : « Voici le jugement qui condamne à mort... » Tous trois tressaillirent. Le soldat entendit, le premier, un nom qui le fit pâlir.

« Labédoyère ! » dit-il en tombant sur le tabouret.

Ils se regardèrent en silence. Des gouttes de sueur se formèrent sur le front livide du jeune homme, il saisit d'une main et par un geste de désespoir les touffes noires de sa chevelure, et appuya son coude sur le bord du chevalet de Ginevra.

« Après tout, dit-il en se levant brusquement, Labédoyère et moi nous savions ce que nous faisions. Nous connaissions le sort qui nous attendait après le triomphe comme après la chute. Il meurt pour sa cause, et moi je me cache... »

Il alla précipitamment vers la porte de l'atelier ; mais plus leste que lui, Ginevra s'était élancée et lui en barrait le chemin.

« Rétablirez-vous l'Empereur ? dit-elle. Croyez-vous pouvoir relever ce géant quand lui-même n'a pas su rester debout ?

— Que voulez-vous que je devienne ? dit alors le proscrit en s'adressant aux deux amis que lui avait envoyés le hasard. Je n'ai pas un seul parent dans le monde, Labédoyère était mon protecteur et mon ami, je suis seul ; demain je serai peut-être proscrit ou condamné, je n'ai jamais eu que ma paye pour fortune, j'ai mangé mon dernier écu pour venir arracher Labédoyère à son sort et tâcher de l'emmener ; la mort est donc une nécessité pour moi. Quand on est décidé à mourir, il faut savoir vendre sa tête au bourreau. Je pensais tout à l'heure que la vie d'un honnête homme vaut bien celle de deux traîtres, et qu'un coup de poignard bien placé peut donner l'immortalité ! »

Cet accès de désespoir effraya le peintre et Ginevra elle-même qui comprit bien le jeune homme. L'Italienne admira cette belle tête et cette voix délicieuse dont la douceur était à peine altérée par des accents de fureur ; puis elle jeta tout à coup du baume sur toutes les plaies de l'infortuné.

« Monsieur, dit-elle, quant à votre détresse pécuniaire, permettez-moi de vous offrir l'or de mes économies. Mon père est riche, je suis son seul enfant, il m'aime, et je suis bien sûre qu'il ne me blâmera pas. Ne vous faites pas scrupule d'accepter : nos biens viennent de l'Empereur, nous n'avons pas un centime qui ne soit un effet de sa munificence. N'est-ce pas être reconnaissants que d'obliger un de ses fidèles soldats ? Prenez donc cette somme avec aussi peu de façons que j'en mets à vous l'offrir. Ce n'est que de l'argent, ajouta-t-elle d'un ton de mépris. Maintenant, quant à des amis, vous en trouverez ! » Là, elle leva fièrement la tête, et ses yeux brillèrent d'un éclat inusité. « La tête qui tombera demain devant une douzaine de fusils sauve la vôtre, reprit-elle.

Attendez que cet orage passe, et vous pourrez aller chercher du service à l'étranger si l'on ne vous oublie pas, ou dans l'armée française si l'on vous oublie. »

Il existe dans les consolations que donne une femme une délicatesse qui a toujours quelque chose de maternel, de prévoyant, de complet. Mais quand, à ces paroles de paix et d'espérance, se joignent la grâce des gestes, cette éloquence de ton qui vient du cœur, et que surtout la bienfaitrice est belle, il est difficile à un jeune homme de résister. Le colonel aspira l'amour par tous les sens. Une légère teinte rose nuança ses joues blanches, ses yeux perdirent un peu de la mélancolie qui les ternissait, et il dit d'un son de voix particulier : « Vous êtes un ange de bonté ! Mais Labédoyère, ajouta-t-il, Labédoyère ! »

A ce cri, ils se regardèrent tous trois en silence, et ils se comprirent. Ce n'était plus des amis de vingt minutes, mais de vingt ans.

« Mon cher, reprit Servin, pouvez-vous le sauver ?

— Je puis le venger ! »

Ginevra tressaillit : quoique l'inconnu fût beau, son aspect n'avait point ému la jeune fille ; la douce pitié que les femmes trouvent dans leur cœur pour les misères qui n'ont rien d'ignoble avait étouffé chez Ginevra toute autre affection ; mais entendre un cri de vengeance, rencontrer dans ce proscrit une âme italienne, du dévouement pour Napoléon, de la générosité à la corse ?... c'en était trop pour elle, elle contempla donc l'officier avec une émotion respectueuse qui lui agita fortement le cœur. Pour la première fois, un homme lui faisait éprouver un sentiment si vif. Comme toutes les femmes, elle se plut à mettre l'âme de l'inconnu en harmonie avec la beauté distinguée de ses traits, avec les heureuses proportions de sa taille qu'elle admirait en artiste. Menée par le hasard de la curiosité à la pitié, de la pitié à un intérêt puissant, elle arrivait de cet intérêt à des sensations si profondes, qu'elle crut dangereux de rester là plus longtemps.

« A demain », dit-elle en laissant à l'officier le plus doux de ses sourires pour consolation.

En voyant ce sourire, qui jetait comme un nouveau jour sur la figure de Ginevra, l'inconnu oublia tout pendant un instant.

« Demain, répondit-il avec tristesse, demain, Labédoyère... »

Ginevra se retourna, mit un doigt sur ses lèvres, et le regarda comme si elle lui disait : « Calmez-vous, soyez prudent. »

Alors le jeune homme s'écria : « *O Dio ! che non vorrei vivere dopo averla veduta !* » (Ô Dieu ! qui ne voudrait vivre après l'avoir vue !)

L'accent particulier avec lequel il prononça cette phrase fit tressaillir Ginevra.

« Vous êtes corse ? s'écria-t-elle en revenant à lui le cœur palpitant d'aise.

— Je suis né en Corse, répondit-il ; mais j'ai été amené très jeune à Gênes ; et, aussitôt que j'eus atteint l'âge auquel on entre au service militaire, je me suis engagé. »

La beauté de l'inconnu, l'attrait surnaturel que lui prêtaient son attachement à l'Empereur, sa blessure, son malheur, son danger même, tout disparut aux yeux de Ginevra, ou plutôt tout se fondit dans un seul sentiment, nouveau, délicieux. Ce proscrit était un enfant de la Corse, il en parlait le langage chéri ! La jeune fille resta pendant un moment immobile, retenue par une sensation magique ; elle avait sous les yeux un tableau vivant auquel tous les sentiments humains réunis et le hasard donnaient de vives couleurs : sur l'invitation de Servin, l'officier s'était assis sur un divan, le peintre avait dénoué l'écharpe qui retenait le bras de son hôte, et s'occupait à en défaire l'appareil afin de panser la blessure. Ginevra frissonna en voyant la longue et large plaie faite par la lame d'un sabre sur l'avant-bras du jeune homme, et laissa échapper une plainte. L'inconnu leva la tête vers elle et se mit à sourire. Il y avait quelque chose de touchant et qui allait à l'âme dans l'attention avec laquelle Servin enlevait la charpie et tâtait les chairs meurtries ; tandis que la figure du blessé, quoique pâle et maladive, exprimait, à l'aspect de la jeune fille, plus de plaisir que de souffrance. Une artiste devait admirer involontairement cette opposition de sentiments, et les contrastes que produisaient la blancheur des linges, la nudité du bras, avec l'uniforme bleu et rouge de l'officier. En ce moment, une obscurité douce enveloppait l'atelier ; mais un dernier rayon de soleil vint éclairer la place où se trouvait le proscrit, en sorte que sa noble et blanche figure, ses cheveux noirs, ses vêtements, tout fut inondé par le jour. Cet effet si simple, la superstitieuse Italienne le prit pour un heureux présage. L'inconnu ressemblait ainsi à un céleste messager qui lui faisait entendre le langage de la patrie, et la mettait sous le charme des souvenirs de son enfance, pendant que dans son cœur naissait un sentiment aussi frais, aussi pur que son premier âge d'innocence. Pendant un moment bien court, elle demeura songeuse et comme plongée dans une pensée infinie ; puis elle rougit de laisser voir sa préoccupation, échangea un doux et rapide regard avec le proscrit, et s'enfuit en le voyant toujours.

Le lendemain n'était pas un jour de leçon, Ginevra vint à l'atelier et le prisonnier put rester auprès de sa compatriote ; Servin, qui avait une esquisse à terminer, permit au reclus d'y demeurer en servant de mentor aux deux jeunes gens qui s'entretinrent souvent en corse. Le pauvre soldat raconta ses souffrances pendant la déroute de Moscou, car il s'était trouvé, à l'âge de dix-neuf ans, au passage de la Bérézina, seul de son régiment, après avoir perdu dans ses camarades les seuls hommes qui pussent s'intéresser à un orphelin. Il peignit en traits de feu le grand désastre de Waterloo. Sa voix fut une musique pour l'Italienne. Élevée à la corse, Ginevra était en quelque sorte la fille de la nature, elle ignorait le mensonge et se livrait sans détour à ses impressions, elle les avouait, ou plutôt les laissait deviner sans le manège de la petite et calculatrice coquetterie des jeunes filles de Paris. Pendant cette journée, elle resta plus d'une fois, sa palette d'une main, son pinceau de l'autre, sans que le pinceau s'abreuvât des couleurs de la palette : les yeux attachés sur l'officier et la bouche légèrement entrouverte, elle écoutait, se tenant toujours prête à donner un coup de pinceau qu'elle ne donnait jamais. Elle ne s'étonnait pas de trouver tant de douceur dans les yeux du jeune homme, car elle sentait les siens devenir doux malgré sa volonté de les tenir sévères ou calmes. Puis, elle peignait ensuite avec une attention particulière et pendant des heures entières, sans lever la tête, parce qu'il était là, près d'elle, la regardant travailler. La première fois qu'il vint s'asseoir pour la contempler en silence, elle lui dit d'un son de voix ému, et après une longue pause : « Cela vous amuse donc de voir peindre ? » Ce jour-là, elle apprit qu'il se nommait Luigi. Avant de se séparer, ils convinrent que, les jours d'atelier, s'il arrivait quelque événement politique important, Ginevra l'en instruirait en chantant à voix basse certains airs italiens.

Le lendemain Mlle Thirion apprit sous le secret à toutes ses compagnes que Ginevra di Piombo était aimée d'un jeune homme qui venait, pendant les heures consacrées aux leçons, s'établir dans le cabinet noir de l'atelier.

« Vous qui prenez son parti, dit-elle à Mlle Roguin, examinez-la bien, et vous verrez à quoi elle passera son temps. »

Ginevra fut donc observée avec une attention diabolique. On écouta ses chansons, on épia ses regards. Au moment où elle ne croyait être vue de personne, une douzaine d'yeux étaient incessamment arrêtés sur elle. Ainsi prévenues, ces jeunes filles interprétèrent dans leur sens vrai les agitations qui passèrent sur la brillante figure de l'Italienne, et ses gestes, et l'accent particulier de ses fredonnements, et l'air attentif avec lequel on la vit écoutant des sons indistincts qu'elle seule entendait à travers la cloison. Au bout d'une semaine, une seule des quinze élèves de Servin, Laure, avait résisté à l'envie d'examiner Louis par la crevasse de la cloison ; et, par un instinct de la faiblesse, elle défendait encore la belle Corse ; Mlle Roguin voulut la faire rester sur l'escalier à l'heure du départ afin de lui prouver l'intimité de Ginevra et du beau jeune homme en les surprenant ensemble ; mais elle refusa de descendre à un espionnage que la curiosité ne justifiait pas, et devint l'objet d'une réprobation universelle. Bientôt la fille de l'huissier du cabinet du roi trouva peu convenable de venir à l'atelier d'un peintre dont les opinions avaient une teinte de patriotisme ou de bonapartisme, ce qui, à cette époque, semblait une seule et même chose, elle ne revint donc plus chez Servin. Si Amélie oublia Ginevra, le mal qu'elle avait semé porta ses fruits. Insensiblement, par hasard, par caquetage ou par pruderie, toutes les autres jeunes personnes instruisirent leurs mères de l'étrange aventure qui se passait à l'atelier. Un jour Mathilde Roguin ne vint pas, la leçon suivante ce fut une autre jeune fille ; enfin trois ou quatre demoiselles, qui étaient restées les dernières, ne revinrent plus. Ginevra et Mlle Laure, sa petite amie, furent pendant deux ou trois jours les seules habitantes de l'atelier désert. L'Italienne ne s'aperçut point de l'abandon dans lequel elle se trouvait, et ne rechercha même pas la cause de l'absence de ses compagnes. Dès qu'elle eût inventé les moyens de correspondre avec Louis, elle vécut à l'atelier comme dans une délicieuse retraite, seule au milieu d'un monde, ne pensant qu'à l'officier et aux dangers qui le menaçaient. Cette jeune fille, quoique sincèrement admiratrice des nobles caractères qui ne veulent pas trahir leur foi politique, pressait Louis de se soumettre promptement à l'autorité royale, afin de le garder en France, et Louis ne voulait point se soumettre pour ne pas sortir de sa cachette. Si les passions ne naissent et ne grandissent que sous l'influence de causes romanesques, jamais tant de circonstances ne concoururent à lier deux êtres par un même sentiment. L'amitié de Ginevra pour Louis et de Louis pour elle fit ainsi plus de progrès en un mois qu'une amitié du monde n'en fait en dix ans dans un salon. L'adversité n'est-elle pas la pierre de touche des caractères ? Ginevra put donc apprécier facilement Louis, le connaître, et ils ressentirent bientôt une estime réciproque l'un pour l'autre. Plus âgée que Louis, Ginevra trouva quelque douceur à être courtisée par un jeune homme déjà si grand, si éprouvé par le sort, et qui joignait à l'expérience d'un homme les grâces de l'adolescence. De son côté, Louis ressentit un indicible plaisir à se laisser protéger en apparence par une jeune fille de vingt-cinq ans. N'était-ce pas une preuve d'amour ? L'union de la douceur et de la fierté, de la force et de la faiblesse avait en Ginevra d'irrésistibles attraits, aussi Louis fut-il entièrement subjugué par elle. Enfin, ils s'aimaient si profondément déjà, qu'ils n'eurent besoin ni de se le nier, ni de se le dire.

Un jour, vers le soir, Ginevra entendit le signal convenu : Louis frappait avec une épingle sur la boiserie de manière à ne pas produire plus de bruit qu'une araignée qui attache son fil, demandait ainsi à sortir de sa retraite, elle jeta un coup d'œil dans l'atelier, ne vit pas la petite Laure, et répondit au signal ; mais en ouvrant la porte, Louis aperçut l'écolière, et rentra précipitamment. Étonnée, Ginevra regarde autour d'elle, trouve Laure, et lui dit en allant à son chevalet : « Vous restez bien tard, ma chère. Cette tête me paraît pourtant achevée, il n'y a plus qu'un reflet à indiquer sur le haut de cette tresse de cheveux.

— Vous seriez bien bonne, dit Laure d'une voix émue, si vous vouliez me corriger cette copie, je pourrais conserver quelque chose de vous...

— Je veux bien, répondit Ginevra sûre de pouvoir ainsi la congédier. Je croyais, reprit-elle en donnant de légers coups de pinceau, que vous aviez beaucoup de chemin à faire de chez vous à l'atelier.

— Oh ! Ginevra, je vais m'en aller et pour toujours, s'écria la jeune fille d'un air triste.

— Vous quittez M. Servin, demanda l'Italienne sans se montrer affectée de ces paroles comme elle l'aurait été un mois auparavant.

— Vous ne vous apercevez donc pas, Ginevra, que depuis quelque temps il n'y a plus ici que vous et moi ?

— C'est vrai, répondit Ginevra frappée tout à coup comme par un souvenir. Ces demoiselles seraient-elles malades, se marieraient-elles, ou leurs pères seraient-ils tous de service au château ?

— Toutes ont quitté M. Servin, répondit Laure.

— Et pourquoi ?

— A cause de vous, Ginevra.

— De moi ! répéta la fille corse en se levant, le front menaçant, l'air fier et les yeux étincelants.

— Oh ! ne vous fâchez pas, ma bonne Ginevra, s'écria douloureusement Laure. Mais ma mère aussi veut que je quitte l'atelier. Toutes ces demoiselles ont dit que vous aviez une intrigue, que M. Servin se prêtait à ce qu'un jeune homme qui vous aime demeurât dans le cabinet noir ; je n'ai jamais cru ces calomnies et n'en ai rien dit à ma mère. Hier au soir, Mme Roguin a rencontré ma mère dans un bal et lui a demandé si elle m'envoyait toujours ici. Sur la réponse affirmative de ma mère, elle lui a répété les mensonges de ces demoiselles. Maman m'a bien grondée, elle a prétendu que je devais savoir tout cela, que j'avais manqué à la confiance qui règne entre une mère et sa fille en ne lui en parlant pas. Ô ma chère Ginevra ! moi qui vous prenais pour modèle, combien je suis fâchée de ne plus pouvoir rester votre compagne...

— Nous nous retrouverons dans la vie : les jeunes filles se marient... dit Ginevra.

— Quand elles sont riches, répondit Laure.

— Viens me voir, mon père a de la fortune...

— Ginevra, reprit Laure attendrie, Mme Roguin et ma mère doivent venir demain chez M. Servin pour lui faire des reproches, au moins qu'il en soit prévenu. »

La foudre tombée à deux pas de Ginevra l'aurait moins étonnée que cette révélation.

« Qu'est-ce que cela leur faisait ? dit-elle naïvement.

— Tout le monde trouve cela fort mal. Maman dit que c'est contraire aux mœurs...

— Et vous, Laure, qu'en pensez-vous ? »

La jeune fille regarda Ginevra, leurs pensées se confondirent ; Laure ne retint plus ses larmes, se jeta au cou de son amie et l'embrassa. En ce moment, Servin arriva.

« Mademoiselle Ginevra, dit-il avec enthousiasme, j'ai fini mon tableau, on le vernit. Qu'avez-vous donc ? Il paraît que toutes ces demoiselles prennent des vacances, ou sont à la campagne. »

Laure sécha ses larmes, salua Servin, et se retira.

« L'atelier est désert depuis plusieurs jours, dit Ginevra, et ces demoiselles ne reviendront plus.

— Bah ?...

— Oh ! ne riez pas, reprit Ginevra, écoutez-moi : je suis la cause involontaire de la perte de votre réputation. »

L'artiste se mit à sourire, et dit en interrompant son écolière :

« Ma réputation ?... mais, dans quelques jours, mon tableau sera exposé.

— Il ne s'agit pas de votre talent, dit l'Italienne ; mais de votre moralité. Ces demoiselles ont publié que Louis était renfermé ici, que vous vous prêtiez... à... notre amour...

— Il y a du vrai là-dedans, mademoiselle, répondit le professeur. Les mères de ces demoiselles sont des bégueules, reprit-il.

Si elles étaient venues me trouver, tout se serait expliqué. Mais que je prenne du souci de tout cela ? la vie est trop courte ! »

Et le peintre fit craquer ses doigts par-dessus sa tête. Louis, qui avait entendu une partie de cette conversation, accourut aussitôt.

« Vous allez perdre toutes vos écolières, s'écria-t-il, et je vous aurai ruiné. »

L'artiste prit la main de Louis et celle de Ginevra, les joignit. « Vous vous marierez, mes enfants ? » leur demanda-t-il avec une touchante bonhomie. Ils baissèrent tous deux les yeux, et leur silence fut le premier aveu qu'ils se firent. « Eh bien ! reprit Servin, vous serez heureux, n'est-ce pas ? Y a-t-il quelque chose qui puisse payer le bonheur de deux êtres tels que vous ?

— Je suis riche, dit Ginevra, et vous me permettrez de vous indemniser...

— Indemniser ?... s'écria Servin. Quand on saura que j'ai été victime des calomnies de quelques sottes, et que je cachais un proscrit, mais tous les libéraux de Paris m'enverront leurs filles ! Je serai peut-être alors votre débiteur... »

Louis serrait la main de son protecteur sans pouvoir prononcer une parole ; mais enfin il lui dit d'une voix attendrie : « C'est donc à vous que je devrai toute ma félicité.

— Soyez heureux, je vous unis », dit le peintre avec une onction comique en imposant ses mains sur la tête des deux amants.

Cette plaisanterie d'artiste mit fin à leur attendrissement. Ils se regardèrent tous trois en riant. L'Italienne serra la main de Louis par une violente étreinte et avec une simplicité d'action digne des mœurs de sa patrie.

« Ah çà, mes chers enfants, reprit Servin, vous croyez que tout ça va maintenant à merveille ? Eh bien, vous vous trompez. »

Les deux amants l'examinèrent avec étonnement.

« Rassurez-vous, je suis le seul que votre espièglerie embarrasse ! Mme Servin est un peu *collet monté*, et je ne sais en vérité pas comment nous nous arrangerons avec elle.

— Dieu ! j'oubliais ! s'écria Ginevra. Demain, Mme Roguin et la mère de Laure doivent venir vous...

— J'entends ! dit le peintre en interrompant.

— Mais vous pouvez vous justifier, reprit la jeune fille en laissant échapper un geste de tête plein d'orgueil. Monsieur Louis, dit-elle en se tournant vers lui et le regardant avec finesse, ne doit plus avoir d'antipathie pour le gouvernement royal ? — Eh bien, reprit-elle après l'avoir vu souriant, demain matin j'enverrai une pétition à l'un des personnages les plus influents du ministère de la Guerre, à un homme qui ne peut rien refuser à la fille du baron de Piombo. Nous obtiendrons un pardon tacite pour le commandant Louis, car *ils* ne voudront pas vous reconnaître le grade de colonel. Et vous pourrez, ajouta-t-elle en s'adressant à Servin, confondre les mères de mes charitables compagnes en leur disant la vérité.

— Vous êtes un ange ! » s'écria Servin.

Pendant que cette scène se passait à l'atelier, le père et la mère de Ginevra s'impatientaient de ne pas la voir revenir.

« Il est six heures, et Ginevra n'est pas encore de retour, s'écria Bartholoméo.

— Elle n'est jamais rentrée si tard », répondit la femme de Piombo.

Les deux vieillards se regardèrent avec toutes les marques d'une anxiété peu ordinaire. Trop agité pour rester en place, Bartholoméo se leva et fit deux fois le tour de son salon assez lestement pour un homme de soixante-dix-sept ans. Grâce à sa constitution robuste, il avait subi peu de changements depuis le jour de son arrivée à Paris, et malgré sa haute taille, il se tenait encore droit. Ses cheveux devenus blancs et rares laissaient à découvert un crâne large et protubérant qui donnait une haute idée de son caractère et de sa fermeté. Sa figure marquée de rides profondes avait pris un très grand développement et gardait ce teint pâle qui inspire la vénération. La fougue des passions régnait encore dans le feu surnaturel de ses yeux dont les sourcils n'avaient pas entièrement blanchi, et qui conservaient leur terrible mobilité. L'aspect de cette tête était sévère, mais on voyait que Bartholoméo avait le droit d'être ainsi. Sa bonté, sa douceur n'étaient guère connues que de sa femme et de sa fille. Dans ses fonctions ou devant un étranger, il ne déposait jamais la majesté que le temps imprimait à sa personne, et l'habitude de froncer ses gros sourcils, de contracter les rides de son visage, de donner à son regard une fixité napoléonienne, rendait son abord glacial. Pendant le cours de sa vie politique, il avait été si généralement craint, qu'il passait pour peu sociable ; mais il n'est pas difficile d'expliquer les causes de cette réputation. La vie, les mœurs et la fidélité de Piombo faisaient la censure de la plupart des courtisans. Malgré les missions délicates confiées à sa discrétion, et qui pour tout autre eussent été lucratives, il ne possédait pas plus d'une trentaine de mille livres de rente en inscriptions sur le Grand Livre. Si l'on vient à songer au bon marché des rentes sous l'Empire, à la libéralité de Napoléon envers ceux de ses fidèles serviteurs qui savaient parler, il est facile de voir que le baron de Piombo était un homme d'une probité sévère ; il ne devait son plumage de baron qu'à la nécessité dans laquelle Napoléon s'était trouvé de lui donner un titre en l'envoyant dans une cour étrangère. Bartholoméo avait toujours professé une haine implacable pour les traîtres dont s'entoura Napoléon en croyant les conquérir à force de victoires. Ce fut lui qui, dit-on, fit trois pas vers la porte du cabinet de l'Empereur, après lui avoir donné le conseil de se débarrasser de trois hommes en France, la veille du jour où il partit pour sa célèbre et admirable campagne de 1814. Depuis le second retour des Bourbons, Bartholoméo ne portait plus la décoration de la Légion d'honneur. Jamais homme n'offrit une plus belle image de ces vieux républicains, amis incorruptibles de l'Empire, qui restaient comme les vivants débris des deux gouvernements les plus énergiques que le monde ait connus. Si le baron de Piombo déplaisait à quelques courtisans, il avait les Daru, les Drouot, les Carnot pour amis. Aussi, quant au reste des hommes politiques, depuis Waterloo, s'en souciait-il autant que des bouffées de fumée qu'il tirait de son cigare.

Bartholoméo di Piombo avait acquis, moyennant la somme assez modique que *Madame*, mère de l'Empereur, lui avait donnée de ses propriétés en Corse, l'ancien hôtel de Portenduère, dans lequel il ne fit aucun changement. Presque toujours logé aux frais du gouvernement, il n'habitait cette maison que depuis la catastrophe de Fontainebleau. Suivant l'habitude des gens simples et de haute vertu, le baron et sa femme ne donnaient rien au faste extérieur : leurs meubles provenaient de l'ancien ameublement de l'hôtel. Les grands appartements hauts d'étage, sombres et nus de cette demeure, les larges glaces encadrées dans de vieilles bordures dorées presque noires, et ce mobilier du temps de Louis XIV, étaient en rapport avec Bartholoméo et sa femme, personnages dignes de l'Antiquité. Sous l'Empire et pendant les Cent-Jours, en exerçant des fonctions largement rétribuées, le vieux Corse avait eu un grand train de maison, plutôt dans le but de faire honneur à sa place que dans le dessein de briller. Sa vie et celle de sa femme étaient si frugales, si tranquilles, que leur modeste fortune suffisait à leurs besoins. Pour eux, leur fille Ginevra valait toutes les richesses du monde. Aussi, quand, en mai 1814, le baron de Piombo quitta sa place, congédia ses gens et ferma la porte de son écurie, Ginevra, simple et sans faste comme ses parents, n'eut-elle aucun regret : à l'exemple des grandes âmes, elle mettait son luxe dans la force des sentiments, comme elle plaçait sa félicité dans la solitude et le travail. Puis, ces trois êtres s'aimaient trop pour que les dehors de l'existence eussent quelque prix à leurs yeux. Souvent, et surtout depuis la seconde et effroyable chute de Napoléon, Bartholoméo et sa femme passaient des soirées délicieuses à entendre Ginevra toucher du piano ou chanter. Il y avait pour eux un immense secret de plaisir dans la présence, dans la moindre parole de leur fille, ils la suivaient des yeux avec une tendre inquiétude, ils entendaient son pas dans la cour, quelque léger qu'il pût être. Semblables à des amants, ils savaient rester des heures entières silencieux tous trois, entendant mieux ainsi que par des paroles l'éloquence de leurs âmes. Ce sentiment profond, la vie même des deux vieillards, animait toutes leurs pensées. Ce n'était pas trois existences, mais une seule, qui, semblable à la flamme d'un foyer, se divisait en trois langues de feu. Si quelquefois le souvenir des bienfaits et du malheur de Napoléon, si la politique du moment triomphaient de la constante sollicitude des deux vieillards, ils pouvaient en parler sans rompre la communauté de leurs pensées : Ginevra ne partageait-elle pas leurs passions politiques ? Quoi de plus naturel que l'ardeur avec laquelle ils se réfugiaient dans le cœur de leur unique enfant ? Jusqu'alors, les occupations d'une vie publique avaient absorbé l'énergie du baron de Piombo ; mais en quittant ses emplois, le Corse eut besoin de rejeter son énergie dans le dernier sentiment qui lui restât ; puis, à part les liens qui unissent un père et une mère à leur fille, il y avait peut-être, à l'insu de ces trois âmes despotiques, une puissante raison au fanatisme de leur passion réciproque : ils s'aimaient sans partage, le cœur tout entier de Ginevra appartenait à son père, comme à elle celui de Piombo ; enfin, s'il est vrai que nous nous attachions les uns aux autres plus par nos défauts que par nos qualités, Ginevra répondait merveilleusement bien à toutes les passions de son père. De là procédait la seule imperfection de cette triple vie. Ginevra était entière dans ses volontés, vindicative, emportée comme Bartholoméo l'avait été pendant sa jeunesse. Le Corse se complut à développer ces sentiments sauvages dans le cœur de sa fille, absolument comme un lion apprend à ses lionceaux à fondre sur leur proie. Mais cet apprentissage de vengeance ne pouvant en quelque sorte se faire qu'au logis paternel, Ginevra ne pardonnait rien à son père, et il fallait qu'il lui cédât. Piombo ne voyait que des enfantillages dans ces querelles factices ; mais l'enfant y contracta l'habitude de dominer ses parents. Au milieu de ces tempêtes que Bartholoméo aimait à exciter, un mot de tendresse, un regard suffisaient pour apaiser leurs âmes courroucées, et ils n'étaient jamais si près d'un baiser que quand ils se menaçaient. Cependant, depuis cinq années environ, Ginevra, devenue plus sage que son père, évitait constamment ces sortes de scènes. Sa fidélité, son dévouement, l'amour qui triomphait dans toutes ses pensées et son admirable bon sens avaient fait justice de ses colères ; mais il n'en était pas moins résulté un bien grand mal : Ginevra vivait avec son père et sa mère sur le pied d'une égalité toujours funeste. Pour achever de faire connaître tous les changements survenus chez ces trois personnages depuis leur arrivée à Paris, Piombo et sa femme, gens sans instruction, avaient laissé Ginevra étudier à sa fantaisie. Au gré de ses caprices de jeune fille, elle avait tout appris et tout quitté, reprenant et laissant chaque pensée tour à tour, jusqu'à ce que la peinture fût devenue sa passion dominante ; elle eût été parfaite, si sa mère avait été capable de diriger ses études, de l'éclairer et de mettre en harmonie les dons de la nature : ses défauts provenaient de la funeste éducation que le vieux Corse avait pris plaisir à lui donner.

Après avoir pendant longtemps fait crier sous ses pas les feuilles du parquet, le vieillard sonna. Un domestique parut.

« Allez au-devant de Mlle Ginevra, dit-il.

— J'ai toujours regretté de ne plus avoir de voiture pour elle, observa la baronne.

— Elle n'en a pas voulu », répondit Piombo en regardant sa femme qui accoutumée depuis quarante ans à son rôle d'obéissance baissa les yeux.

Déjà septuagénaire, grande, sèche, pâle et ridée, la baronne ressemblait parfaitement à ces vieilles femmes que Schnetz met dans les scènes italiennes de ses tableaux de genre ; elle restait si habituellement silencieuse, qu'on l'eût prise pour une nouvelle Mme Shandy ; mais un mot, un regard, un geste annonçaient que ses sentiments avaient gardé la vigueur et la fraîcheur de la jeunesse. Sa toilette, dépouillée de coquetterie, manquait souvent de goût. Elle demeurait ordinairement passive, plongée dans une bergère, comme une sultane *Validé*, attendant ou admirant sa Ginevra, son orgueil et sa vie. La beauté, la toilette, la grâce de sa fille, semblaient être devenues siennes. Tout pour elle était bien quand Ginevra se trouvait heureuse. Ses cheveux avaient blanchi, et quelques mèches se voyaient au-dessus de son front blanc et ridé, ou le long de ses joues creuses.

« Voilà quinze jours environ, dit-elle, que Ginevra rentre un peu plus tard.

— Jean n'ira pas assez vite, s'écria l'impatient vieillard qui croisa les basques de son habit bleu, saisit son chapeau, l'enfonça sur sa tête, prit sa canne et partit.

— Tu n'iras pas loin », lui cria sa femme.

En effet, la porte cochère s'était ouverte et fermée, et la vieille mère entendait le pas de Ginevra dans la cour. Bartholoméo reparut tout à coup portant en triomphe sa fille, qui se débattait dans ses bras.

« La voici, la Ginevra, la Ginevrettina, la Ginevrina, la Ginevrola, la Ginevretta, la Ginevra bella !

— Mon père, vous me faites mal. »

Aussitôt Ginevra fut posée à terre avec une sorte de respect. Elle agita la tête par un gracieux mouvement pour rassurer sa mère qui déjà s'effrayait, et pour lui dire : c'est une ruse. Le visage terne et pâle de la baronne reprit alors ses couleurs et une espèce de gaieté. Piombo se frotta les mains avec une force extrême, symptôme le plus certain de sa joie ; il avait pris cette habitude à la cour en voyant Napoléon se mettre en colère contre ceux de ses généraux ou de ses ministres qui le servaient mal ou qui avaient commis quelque faute. Les muscles de sa figure une fois détendus, la moindre ride de son front exprimait la bienveillance. Ces deux vieillards offraient en ce moment une image exacte de ces plantes souffrantes auxquelles un peu d'eau rend la vie après une longue sécheresse.

« A table, à table ! » s'écria le baron en présentant sa large main à Ginevra qu'il nomma Signora Piombellina, autre symptôme de gaieté auquel sa fille répondit par un sourire.

« Ah çà, dit Piombo en sortant de table, sais-tu que ta mère m'a fait observer que depuis un mois tu restes beaucoup plus longtemps que de coutume à ton atelier ? Il paraît que la peinture passe avant nous.

— Ô mon père !

— Ginevra nous prépare sans doute quelque surprise, dit la mère.

— Tu m'apporterais un tableau de toi ? s'écria le Corse en frappant dans ses mains.

— Oui, je suis très occupée à l'atelier, répondit-elle.

— Qu'as-tu donc, Ginevra ? Tu pâlis ! lui dit sa mère.

— Non ! s'écria la jeune fille en laissant échapper un geste de résolution, non, il ne sera pas dit que Ginevra Piombo aura menti une fois dans sa vie. »

En entendant cette singulière exclamation, Piombo et sa femme regardèrent leur fille d'un air étonné.

« J'aime un jeune homme », ajouta-t-elle d'une voix émue.

Puis sans oser regarder ses parents, elle abaissa ses larges paupières, comme pour voiler le feu de ses yeux.

« Est-ce un prince ? lui demanda ironiquement son père en prenant un son de voix qui fit trembler la mère et la fille.

— Non, mon père, répondit-elle avec modestie, c'est un jeune homme sans fortune...

— Il est donc bien beau ?

— Il est malheureux.

— Que fait-il ?

— Compagnon de Labédoyère, il était proscrit, sans asile, Servin l'a caché, et...

— Servin est un honnête garçon qui s'est bien comporté, s'écria Piombo ; mais vous faites mal, vous, ma fille, d'aimer un autre homme que votre père...

— Il ne dépend pas de moi de ne pas aimer, répondit doucement Ginevra.

— Je me flattais, reprit son père, que ma Ginevra me serait fidèle jusqu'à ma mort, que mes soins et ceux de sa mère seraient les seuls qu'elle aurait reçus, que notre tendresse n'aurait pas rencontré dans son âme de tendresse rivale, et que...

— Vous ai-je reproché votre fanatisme pour Napoléon ? dit Ginevra. N'avez-vous aimé que moi ? n'avez-vous pas été des mois entiers en ambassade ? n'ai-je pas supporté courageusement vos absences ? La vie a des nécessités qu'il faut savoir subir.

— Ginevra !

— Non, vous ne m'aimez pas pour moi, et vos reproches trahissent un insupportable égoïsme.

— Tu accuses l'amour de ton père, s'écria Piombo les yeux flamboyants.

— Mon père, je ne vous accuserai jamais, répondit Ginevra avec plus de douceur que sa mère tremblante n'en attendait. Vous avez raison dans votre égoïsme, comme j'ai raison dans mon amour. Le ciel m'est témoin que jamais fille n'a mieux rempli ses devoirs auprès de ses parents. Je n'ai jamais vu que bonheur et amour là où d'autres voient souvent des obligations. Voici quinze ans que je ne me suis pas écartée de dessous votre aile protectrice, et ce fut un bien doux plaisir pour moi que de charmer vos jours. Mais serais-je donc ingrate en me livrant au charme d'aimer, en désirant un époux qui me protège après vous ?

— Ah ! tu comptes avec ton père, Ginevra », reprit le vieillard d'un ton sinistre.

Il se fit une pause effrayante pendant laquelle personne n'osa parler. Enfin, Bartholoméo rompit le silence en s'écriant d'une voix déchirante : « Oh ! reste avec nous, reste auprès de ton vieux père ! Je ne saurais te voir aimant un homme. Ginevra, tu n'attendras pas longtemps ta liberté...

— Mais, mon père, songez donc que nous ne vous quitterons pas, que nous serons deux à vous aimer, que vous connaîtrez l'homme aux soins duquel vous me laisserez ! Vous serez doublement chéri par moi et par lui : par lui qui est encore moi, et par moi qui suis tout lui-même.

— Ô Ginevra ! Ginevra ! s'écria le Corse en serrant les poings, pourquoi ne t'es-tu pas mariée quand Napoléon m'avait accoutumé à cette idée, et qu'il te présentait des ducs et des comtes ?

— Ils m'aimaient par ordre, dit la jeune fille. D'ailleurs, je ne voulais pas vous quitter, et ils m'auraient emmenée avec eux.

— Tu ne veux pas nous laisser seuls, dit Piombo ; mais te marier, c'est nous isoler ! Je te connais, ma fille, tu ne nous aimeras plus. Élisa, ajouta-t-il en regardant sa femme qui restait immobile et comme stupide, nous n'avons plus de fille, elle veut se marier. »

Le vieillard s'assit après avoir levé les mains en l'air comme pour invoquer Dieu ; puis il resta courbé comme accablé sous sa peine. Ginevra vit l'agitation de son père, et la modération de sa colère lui brisa le cœur ; elle s'attendait à une crise, à des fureurs, elle n'avait pas armé son âme contre la douceur paternelle.

« Mon père, dit-elle d'une voix touchante, non, vous ne serez jamais abandonné par votre Ginevra. Mais aimez-la aussi un peu pour elle. Si vous saviez comme *il* m'aime ! Ah ! ce ne serait pas lui qui me ferait de la peine !

— Déjà des comparaisons, s'écria Piombo avec un accent terrible. Non, je ne puis supporter cette idée, reprit-il. S'il t'aimait comme tu mérites de l'être, il me tuerait ; et s'il ne t'aimait pas, je le poignarderais. »

Les mains de Piombo tremblaient, ses lèvres tremblaient, son corps tremblait et ses yeux lançaient des éclairs ; Ginevra seule pouvait soutenir son regard, car alors elle allumait ses yeux, et la fille était digne du père.

« Oh ! t'aimer ! Quel est l'homme digne de cette vie ? reprit-il. T'aimer comme un père, n'est-ce pas déjà vivre dans le paradis ; qui donc sera jamais digne d'être ton époux ?

— Lui, dit Ginevra, lui de qui je me sens indigne.

— Lui ? répéta machinalement Piombo. Qui, *lui* ?

— Celui que j'aime.

— Est-ce qu'il peut te connaître encore assez pour t'adorer ?

— Mais, mon père, reprit Ginevra éprouvant un mouvement

d'impatience, quand il ne m'aimerait pas, du moment où je l'aime...

— Tu l'aimes donc ? » s'écria Piombo. Ginevra inclina doucement la tête. « Tu l'aimes alors plus que nous ?

— Ces deux sentiments ne peuvent se comparer, répondit-elle.

— L'un est plus fort que l'autre, reprit Piombo.

— Je crois que oui, dit Ginevra.

— Tu ne l'épouseras pas, cria le Corse dont la voix fit résonner les vitres du salon.

— Je l'épouserai, répliqua tranquillement Ginevra.

— Mon Dieu ! mon Dieu ! s'écria la mère, comment finira cette querelle ? *Santa Virgina !* mettez-vous entre eux. »

Le baron, qui se promenait à grands pas, vint s'asseoir ; une sévérité glacée rembrunissait son visage, il regarda fixement sa fille, et lui dit d'une voix douce et affaiblie : « Eh bien ! Ginevra ! non, tu ne l'épouseras pas. Oh ! ne me dis pas oui ce soir ?... laisse-moi croire le contraire. Veux-tu voir ton père à genoux et ses cheveux blancs prosternés devant toi ? je vais te supplier...

— Ginevra Piombo n'a pas été habituée à promettre et à ne pas tenir, répondit-elle. Je suis votre fille.

— Elle a raison, dit la baronne, nous sommes mises au monde pour nous marier.

— Ainsi, vous l'encouragez dans sa désobéissance, dit le baron à sa femme qui frappée de ce mot se changea en statue.

— Ce n'est pas désobéir que de se refuser à un ordre injuste, répondit Ginevra.

— Il ne peut pas être injuste quand il émane de la bouche de votre père, ma fille ! Pourquoi me jugez-vous ? La répugnance que j'éprouve n'est-elle pas un conseil d'en haut ? Je vous préserve peut-être d'un malheur.

— Le malheur serait qu'il ne m'aimât pas.

— Toujours lui !

— Oui, toujours, reprit-elle. Il est ma vie, mon bien, ma pensée. Même en vous obéissant, il serait toujours dans mon cœur. Me défendre de l'épouser, n'est-ce pas vous faire haïr ?

— Tu ne nous aimes plus, s'écria Piombo.

— Oh ! dit Ginevra en agitant la tête.

— Eh bien ! oublie-le, reste-nous fidèle. Après nous... tu comprends.

— Mon père, voulez-vous me faire désirer votre mort ? s'écria Ginevra.

— Je vivrai plus longtemps que toi ! Les enfants qui n'honorent pas leurs parents meurent promptement, s'écria son père parvenu au dernier degré de l'exaspération.

— Raison de plus pour me marier promptement et être heureuse ! » dit-elle.

Ce sang-froid, cette puissance de raisonnement achevèrent de troubler Piombo, le sang lui porta violemment à la tête, son visage devint pourpre. Ginevra frissonna, elle s'élança comme un oiseau sur les genoux de son père, lui passa ses bras autour du cou, lui caressa les cheveux, et s'écria tout attendrie : « Oh ! oui, que je meure la première ! Je ne te survivrais pas, mon père, mon bon père !

— Ô ma Ginevra, ma folle Ginevrina, répondit Piombo dont toute la colère se fondit à cette caresse comme une glace sous les rayons du soleil.

— Il était temps que vous finissiez, dit la baronne d'une voix émue.

— Pauvre mère !

— Ah ! Ginevretta ! ma Ginevra bella ! »

Et le père jouait avec sa fille comme avec un enfant de six ans, il s'amusait à défaire les tresses ondoyantes de ses cheveux, à la faire sauter ; il y avait de la folie dans l'expression de sa tendresse. Bientôt sa fille le gronda en l'embrassant, et tenta d'obtenir en plaisantant l'entrée de son Louis au logis ; mais, tout en plaisantant aussi, le père refusa. Elle bouda, revint, bouda encore ; puis, à la fin de la soirée, elle se trouva contente d'avoir gravé dans le cœur de son père et son amour pour Louis et l'idée d'un mariage prochain. Le lendemain elle ne parla plus de son amour, elle alla plus tard à l'atelier, elle en revint de bonne heure ; elle devint plus caressante pour son père qu'elle ne l'avait jamais été, et se montra pleine de reconnaissance, comme pour le remercier du consentement qu'il semblait donner à son mariage par son silence. Le soir elle faisait longtemps de la musique, et souvent elle s'écriait : « Il faudrait une voix d'homme pour ce nocturne ! » Elle était italienne, c'est tout dire. Au bout de huit jours sa mère lui fit un signe, elle vint ; puis à l'oreille et à voix basse : « J'ai amené ton père à le recevoir, lui dit-elle.

— Ô ma mère ! vous me faites bien heureuse ! »

Ce jour-là Ginevra eut donc le bonheur de revenir à l'hôtel de son père en donnant le bras à Louis. Pour la seconde fois, le pauvre officier sortait de sa cachette. Les actives sollicitations que Ginevra faisait auprès du duc de Feltre, alors ministre de la Guerre, avaient été couronnées d'un plein succès. Louis venait d'être réintégré sur le contrôle des officiers en disponibilité.

C'était un bien grand pas vers un meilleur avenir. Instruit par son amie de toutes les difficultés qui l'attendaient auprès du baron, le jeune chef de bataillon n'osait avouer la crainte qu'il avait de ne pas lui plaire. Cet homme si courageux contre l'adversité, si brave sur un champ de bataille, tremblait en pensant à son entrée dans le salon des Piombo. Ginevra le sentit tressaillant, et cette émotion, dont le principe était leur bonheur, fut pour elle une nouvelle preuve d'amour.

« Comme vous êtes pâle ! lui dit-elle quand ils arrivèrent à la porte de l'hôtel.

— Ô Ginevra ! s'il ne s'agissait que de ma vie. »

Quoique Bartholoméo fût prévenu par sa femme de la présentation officielle de celui que Ginevra aimait, il n'alla pas à sa rencontre, resta dans le fauteuil où il avait l'habitude d'être assis, et la sévérité de son front fut glaciale.

« Mon père, dit Ginevra, je vous amène une personne que vous aurez sans doute plaisir à voir : M. Louis, un soldat qui combattait à quatre pas de l'Empereur à Mont-Saint-Jean... »

Le baron de Piombo se leva, jeta un regard furtif sur Louis, et lui dit d'une voix sardonique : « Monsieur n'est pas décoré ?

— Je ne porte plus la Légion d'honneur », répondit timidement Louis qui restait humblement debout.

Ginevra, blessée de l'impolitesse de son père, avança une chaise. La réponse de l'officier satisfit le vieux serviteur de Napoléon. Mme Piombo, s'apercevant que les sourcils de son mari reprenaient leur position naturelle, dit pour ranimer la conversation : « La ressemblance de monsieur avec Nina Porta est étonnante. Ne trouvez-vous pas que monsieur a toute la physionomie des Porta ?

— Rien de plus naturel, répondit le jeune homme sur qui les yeux flamboyants de Piombo s'arrêtèrent, Nina était ma sœur...

— Tu es Luigi Porta ? demanda le vieillard.

— Oui. »

Bartholoméo di Piombo se leva, chancela, fut obligé de s'appuyer sur une chaise et regarda sa femme, Élisa Piombo vint à lui ; puis les deux vieillards silencieux se donnèrent le bras et sortirent du salon en abandonnant leur fille avec une sorte d'horreur. Luigi Porta stupéfait regarda Ginevra, qui devint aussi blanche qu'une statue de marbre et resta les yeux fixés sur la porte vers laquelle son père et sa mère avaient disparu : ce silence et cette retraite eurent quelque chose de si solennel que, pour la première fois peut-être, le sentiment de la crainte entra dans son cœur. Elle joignit ses mains l'une contre l'autre avec force, et dit d'une voix si émue qu'elle ne pouvait guère être entendue que par un amant : « Combien de malheur dans un mot !

— Au nom de notre amour, qu'ai-je donc dit, demanda Luigi Porta.

— Mon père, répondit-elle, ne m'a jamais parlé de notre déplorable histoire, et j'étais trop jeune quand j'ai quitté la Corse pour la savoir.

— Nous serions en *vendetta*, demanda Luigi en tremblant.

— Oui. En questionnant ma mère, j'ai appris que les Porta avaient tué mes frères et brûlé notre maison. Mon père a massacré toute votre famille. Comment avez-vous survécu, vous qu'il croyait avoir attaché aux colonnes d'un lit avant de mettre le feu à la maison ?

— Je ne sais, répondit Luigi. A six ans j'ai été amené à Gênes, chez un vieillard nommé Colonna. Aucun détail sur ma famille ne m'a été donné. Je savais seulement que j'étais orphelin et sans fortune. Ce Colonna me servait de père, et j'ai porté son nom jusqu'au jour où je suis entré au service. Comme il m'a fallu des actes pour prouver qui j'étais, le vieux Colonna m'a dit alors que moi, faible et presque enfant encore, j'avais des ennemis. Il m'a engagé à ne prendre que le nom de Luigi pour leur échapper.

— Partez, partez, Luigi, s'écria Ginevra ; mais non, je dois vous accompagner. Tant que vous êtes dans la maison de mon père, vous n'avez rien à craindre ; aussitôt que vous en sortirez, prenez bien garde à vous ! vous marcherez de danger en danger. Mon père a deux Corses à son service, et si ce n'est pas lui qui menacera vos jours, c'est eux.

— Ginevra, dit-il, cette haine existera-t-elle donc entre nous ? »

La jeune fille sourit tristement et baissa la tête. Elle la releva bientôt avec une sorte de fierté, et dit : « Ô Luigi, il faut que nos sentiments soient bien purs et bien sincères pour que j'aie la force de marcher dans la voie où je vais entrer. Mais il s'agit d'un bonheur qui doit durer toute la vie, n'est-ce pas ? »

Luigi ne répondit que par un sourire, et pressa la main de Ginevra. La jeune fille comprit qu'un véritable amour pouvait seul dédaigner en ce moment les protestations vulgaires. L'expression calme et consciencieuse des sentiments de Luigi annonçait en quelque sorte leur force et leur durée. La destinée de ces deux époux fut alors accomplie. Ginevra entrevit de bien cruels combats à soutenir ; mais l'idée d'abandonner Louis, idée qui peut-être avait flotté dans son âme, s'évanouit complètement. A lui pour toujours, elle l'entraîna tout à coup avec une sorte d'énergie hors de l'hôtel, et ne le quitta qu'au moment où il atteignit la maison dans laquelle Servin lui avait loué un modeste logement. Quand elle revint chez son père, elle avait pris cette espèce de sérénité que donne une résolution forte : aucune altération dans ses manières ne peignit d'inquiétude. Elle leva sur son père et sa mère, qu'elle trouva prêts à se mettre à table, des yeux dénués de hardiesse et pleins de douceur ; elle vit que sa vieille mère avait pleuré, la rougeur de ces paupières flétries ébranla un moment son cœur ; mais elle cacha son émotion. Piombo semblait être en proie à une douleur trop violente, trop concentrée pour qu'il pût la trahir par des expressions ordinaires. Les gens servirent le dîner, auquel personne ne toucha. L'horreur de la nourriture est un des symptômes qui trahissent les grandes crises de l'âme. Tous trois se levèrent sans qu'aucun d'eux se fût adressé la parole. Quand Ginevra fut placée entre son père et sa mère dans leur grand salon sombre et solennel, Piombo voulut parler, mais il ne trouva pas de voix ; il essaya de marcher, et ne trouva pas de force, il revint s'asseoir et sonna.

« Piétro, dit-il enfin au domestique, allumez du feu, j'ai froid. »

Ginevra tressaillit et regarda son père avec anxiété. Le combat qu'il se livrait devait être horrible, sa figure était bouleversée. Ginevra connaissait l'étendue du péril qui la menaçait, mais elle ne tremblait pas ; tandis que les regards furtifs que Bartholoméo jetait sur sa fille semblaient annoncer qu'il craignait en ce moment le caractère dont la violence était son propre ouvrage. Entre eux, tout devait être extrême. Aussi la certitude du changement qui pouvait s'opérer dans les sentiments du père et de la fille animait-elle le visage de la baronne d'une expression de terreur.

« Ginevra, vous aimez l'ennemi de votre famille, dit enfin Piombo sans oser regarder sa fille.

— Cela est vrai, répondit-elle.

— Il faut choisir entre lui et nous. Notre *vendetta* fait partie de nous-mêmes. Qui n'épouse pas ma vengeance, n'est pas de ma famille.

— Mon choix est fait », répondit Ginevra d'une voix calme.

La tranquillité de sa fille trompa Bartholoméo.

« Ô ma chère fille ! s'écria le vieillard qui montra ses paupières humectées par des larmes, les premières et les seules qu'il répandit dans sa vie.

— Je serai sa femme », dit brusquement Ginevra.

Bartholoméo eut comme un éblouissement : mais il recouvra son sang-froid et répliqua : « Ce mariage ne se fera pas de mon vivant, je n'y consentirai jamais. » Ginevra garda le silence.

« Mais, dit le baron en continuant, songes-tu que Luigi est le fils de celui qui a tué tes frères ?

— Il avait six ans au moment où le crime a été commis, il doit en être innocent, répondit-elle.

— Un Porta ? s'écria Bartholoméo.

— Mais ai-je jamais pu partager cette haine ? dit vivement la jeune fille. M'avez-vous élevée dans cette croyance qu'un Porta était un monstre ? Pouvais-je penser qu'il restât un seul de ceux que vous aviez tués ? N'est-il pas naturel que vous fassiez céder votre *vendetta* à mes sentiments ?

— Un Porta ? dit Piombo. Si son père t'avait jadis trouvée dans ton lit, tu ne vivrais pas, il t'aurait donné cent fois la mort.

— Cela se peut, répondit-elle, mais son fils m'a donné plus que la vie. Voir Luigi, c'est un bonheur sans lequel je ne saurais vivre. Luigi m'a révélé le monde des sentiments. J'ai peut-être aperçu des figures plus belles encore que la sienne, mais aucune ne m'a autant charmée ; j'ai peut-être entendu des voix... non, non, jamais de plus mélodieuses. Luigi m'aime, il sera mon mari.

— Jamais, dit Piombo. J'aimerais mieux te voir dans ton cercueil, Ginevra. » Le vieux Corse se leva, se mit à parcourir à grands pas le salon et laissa échapper ces paroles après des pauses qui peignaient toute son agitation : « Vous croyez peut-être faire plier ma volonté ? détrompez-vous : je ne veux pas qu'un Porta soit mon gendre. Telle est ma sentence. Qu'il ne soit plus question de ceci entre nous. Je suis Bartholoméo di Piombo, entendez-vous, Ginevra ?

— Attachez-vous quelque sens mystérieux à ces paroles, demanda-t-elle froidement.

— Elles signifient que j'ai un poignard, et que je ne crains pas la justice des hommes. Nous autres Corses, nous allons nous expliquer avec Dieu.

— Eh bien ! dit la fille en se levant, je suis Ginevra di Piombo, et je déclare que dans six mois je serai la femme de Luigi Porta. Vous êtes un tyran, mon père », ajouta-t-elle après une pause effrayante.

Bartholoméo serra ses poings et frappa sur le marbre de la cheminée : « Ah ! nous sommes à Paris », dit-il en murmurant.

Il se tut, se croisa les bras, pencha la tête sur sa poitrine et ne prononça plus une seule parole pendant toute la soirée. Après avoir exprimé sa volonté, la jeune fille affecta un sang-froid incroyable ; elle se mit au piano, chanta, joua des morceaux ravissants avec une grâce et un sentiment qui annonçaient une parfaite liberté d'esprit, triomphant ainsi de son père dont le front ne paraissait pas s'adoucir. Le vieillard ressentit cruellement cette tacite injure, et recueillit en ce moment un des fruits amers de l'éducation qu'il avait donnée à sa fille. Le respect est une barrière qui protège autant un père et une mère que les enfants, en évitant à ceux-là des chagrins, à ceux-ci des remords. Le lendemain Ginevra, qui voulut sortir à l'heure où elle avait coutume de se rendre à l'atelier, trouva la porte de l'hôtel fermée pour elle ; mais elle eut bientôt inventé un moyen d'instruire Luigi Porta des sévérités paternelles. Une femme de chambre qui ne savait pas lire fit parvenir au jeune officier la lettre que lui écrivit Ginevra. Pendant cinq jours les deux amants surent correspondre, grâce à ces ruses qu'on sait toujours machiner à vingt ans. Le père et la fille se parlèrent rarement. Tous deux gardant au fond du cœur un principe de haine, ils souffraient, mais orgueilleusement et en silence. En reconnaissant combien étaient forts les liens d'amour qui les attachaient l'un à l'autre, ils essayaient de les briser, sans pouvoir y parvenir. Nulle pensée douce ne venait plus comme autrefois égayer les traits sévères de Bartholoméo quand il contemplait sa Ginevra. La jeune fille avait quelque chose de farouche en regardant son père, et le reproche siégeait sur son front d'innocence ; elle se livrait bien à d'heureuses pensées, mais parfois des remords semblaient ternir ses yeux. Il n'était même pas difficile de deviner qu'elle ne pourrait jamais jouir tranquillement d'une félicité qui faisait le malheur de ses parents. Chez Bartholoméo comme chez sa fille, toutes les irrésolutions causées par la bonté native de leurs âmes devaient néanmoins échouer devant leur fierté, devant la rancune particulière aux Corses. Ils s'encourageaient l'un et l'autre dans leur colère et fermaient les yeux sur l'avenir. Peut-être aussi se flattaient-ils mutuellement que l'un céderait à l'autre.

Le jour de la naissance de Ginevra, sa mère, désespérée de cette désunion qui prenait un caractère grave, médita de réconcilier le père et la fille, grâce aux souvenirs de cet anniversaire. Ils étaient réunis tous trois dans la chambre de Bartholoméo. Ginevra devina l'intention de sa mère à l'hésitation peinte sur son visage et sourit tristement. En ce moment un domestique annonça deux notaires accompagnés de plusieurs témoins qui entrèrent. Bartholoméo regarda fixement ces hommes, dont les figures froidement compassées avaient quelque chose de blessant pour des âmes aussi passionnées que l'étaient celles des trois principaux acteurs de cette scène. Le vieillard se tourna vers sa fille d'un air inquiet, il vit sur son visage un sourire de triomphe qui lui fit soupçonner quelque catastrophe ; mais il affecta de garder, à la manière des sauvages, une immobilité mensongère en regardant les deux notaires avec une sorte de curiosité calme. Les étrangers s'assirent après y avoir été invités par un geste du vieillard.

« Monsieur est sans doute monsieur le baron de Piombo », demanda le plus âgé des notaires.

Bartholoméo s'inclina. Le notaire fit un léger mouvement de tête, regarda la jeune fille avec la sournoise expression d'un garde du commerce qui surprend un débiteur ; et il tira sa tabatière, l'ouvrit, y prit une pincée de tabac, se mit à la humer à petits coups en cherchant les premières phrases de son discours ; puis en les prononçant, il fit des repos continuels (manœuvre oratoire que ce signe — représentera très imparfaitement).

« Monsieur, dit-il, je suis M. Roguin, notaire de mademoiselle votre fille, et nous venons, — mon collègue et moi, — pour accomplir le vœu de la loi et — mettre un terme aux divisions qui — paraîtraient — s'être introduites — entre vous et mademoiselle votre fille, — au sujet — de — son — mariage avec M. Luigi Porta. »

Cette phrase, assez pédantesquement débitée, parut probablement trop belle à Me Roguin pour qu'on pût la comprendre d'un seul coup, il s'arrêta en regardant Bartholoméo avec une expression particulière aux gens d'affaires et qui tient le milieu entre la servilité et la familiarité. Habitués à feindre beaucoup d'intérêt pour les personnes auxquelles ils parlent, les notaires finissent par faire contracter à leur figure une grimace qu'ils revêtent et quittent comme leur *pallium* officiel. Ce masque de bienveillance, dont le mécanisme est si facile à saisir, irrita tellement Bartholoméo qu'il lui fallut rappeler toute sa raison pour ne pas jeter M. Roguin par les fenêtres, une expression de colère se glissa dans ses rides, et en la voyant le notaire se dit en lui-même : « Je produis de l'effet ! »

« Mais, reprit-il d'une voix mielleuse, monsieur le baron, dans ces sortes d'occasions, notre ministère commence toujours par être essentiellement conciliateur. — Daignez donc avoir la bonté de m'entendre. — Il est évident que Mlle Ginevra Piombo — atteint aujourd'hui même — l'âge auquel il suffit de faire des actes respectueux pour qu'il soit passé outre à la célébration d'un mariage — malgré le défaut de consentement des parents. Or, — il est d'usage dans les familles — qui jouissent d'une certaine considération, — qui appartiennent à la société, — qui conservent quelque dignité, — auxquelles il importe enfin de ne pas donner au public le secret de leurs divisions, — et qui d'ailleurs ne veulent pas se nuire à elles-mêmes en frappant de réprobation l'avenir de deux jeunes époux (car — c'est se nuire à soi-même !) — il est d'usage, — dis-je, — parmi ces familles honorables — de ne pas laisser subsister des actes semblables, — qui restent, qui — sont des monuments d'une division qui — finit — par cesser. — Du moment, monsieur, où une jeune personne a recours aux actes respectueux, elle annonce une intention trop décidée pour qu'un père et — une mère, ajouta-t-il en se tournant vers la baronne, puissent espérer de lui voir suivre leurs avis. — La résistance paternelle étant alors nulle — par ce fait — d'abord, — puis étant infirmée par la loi, il est constant que tout homme sage, après avoir fait une dernière remontrance à son enfant, lui donne la liberté de... »

M. Roguin s'arrêta en s'apercevant qu'il pouvait parler deux heures ainsi sans obtenir de réponse, et il éprouva d'ailleurs une émotion particulière à l'aspect de l'homme qu'il essayait de convertir. Il s'était fait une révolution extraordinaire sur le visage de Bartholoméo : toutes ses rides contractées lui donnaient un air de cruauté indéfinissable, et il jetait sur le notaire un regard de tigre. La baronne demeurait muette et passive. Ginevra, calme et résolue, attendait, elle savait que la voix du notaire était plus puissante que la sienne, et alors elle semblait s'être décidée à garder le silence. Au moment où Roguin se tut, cette scène devint si effrayante que les témoins étrangers tremblèrent : jamais peut-être ils n'avaient été frappés par un semblable silence. Les notaires se regardèrent comme pour se consulter, se levèrent et allèrent ensemble à la croisée.

« As-tu jamais rencontré des clients fabriqués comme ceux-là ? demanda Roguin à son confrère.

— Il n'y a rien à en tirer, répondit le plus jeune. A ta place, moi, je m'en tiendrais à la lecture de mon acte. Le vieux ne me paraît pas amusant, il est colère, et tu ne gagnera rien à vouloir *discuter* avec lui... »

M. Roguin lut un papier timbré contenant un procès-verbal rédigé à l'avance et demanda froidement à Bartholoméo quelle était sa réponse.

« Il y a donc en France des lois qui détruisent le pouvoir paternel ? demanda le Corse.

— Monsieur... dit Roguin de sa voix mielleuse.

— Qui arrachent une fille à son père ?

— Monsieur...

— Qui privent un vieillard de sa dernière consolation ?

— Monsieur, votre fille ne vous appartient que...

— Qui le tuent ?
— Monsieur, permettez ?... »

Rien n'est plus affreux que le sang-froid et les raisonnements exacts d'un notaire au milieu des scènes passionnées où ils ont coutume d'intervenir. Les figures que Piombo voyait lui semblèrent échappées de l'enfer, sa rage froide et concentrée ne connut plus de bornes au moment où la voix calme et presque flûtée de son petit antagoniste prononça ce fatal : « *Permettez ?* » Il sauta sur un long poignard suspendu par un clou au-dessus de sa cheminée et s'élança sur sa fille. Le plus jeune des deux notaires et l'un des témoins se jetèrent entre lui et Ginevra ; mais Bartholoméo renversa brutalement les deux conciliateurs en leur montrant une figure en feu et des yeux flamboyants qui paraissaient plus terribles que ne l'était la clarté du poignard. Quand Ginevra se vit en présence de son père, elle le regarda fixement d'un air de triomphe, s'avança lentement vers lui et s'agenouilla.

« Non ! non ! je ne saurais, dit-il en lançant si violemment son arme qu'elle alla s'enfoncer dans la boiserie.

— Eh bien, grâce ! grâce, dit-elle. Vous hésitez à me donner la mort, et vous me refusez la vie. Ô mon père, jamais je ne vous ai tant aimé, accordez-moi Luigi ! Je vous demande votre consentement à genoux : une fille peut s'humilier devant son père, mon Luigi ou je meurs. »

L'irritation violente qui la suffoquait l'empêcha de continuer, elle ne trouvait plus de voix ; ses efforts convulsifs disaient assez qu'elle était entre la vie et la mort. Bartholoméo repoussa durement sa fille.

« Fuis, dit-il. La Luigi Porta ne saurait être une Piombo. Je n'ai plus de fille ! Je n'ai pas la force de te maudire ; mais je t'abandonne, et tu n'as plus de père. Ma Ginevra Piombo est enterrée là, s'écria-t-il d'un son de voix profond en se pressant fortement le cœur. — Sors donc, malheureuse, ajouta-t-il après un moment de silence, sors, et ne reparais plus devant moi. » Puis il prit Ginevra par le bras, et la conduisit silencieusement hors de la maison.

« Luigi, s'écria Ginevra en entrant dans le modeste appartement où était l'officier, mon Luigi nous n'avons d'autre fortune que notre amour.

— Nous sommes plus riches que tous les rois de la terre, répondit-il.

— Mon père et ma mère m'ont abandonnée, dit-elle avec une profonde mélancolie.

— Je t'aimerai pour eux.

— Nous serons donc bien heureux ? s'écria-t-elle avec une gaieté qui eut quelque chose d'effrayant.

— Et toujours », répondit-il en la serrant sur son cœur.

Le lendemain du jour où Ginevra quitta la maison de son père, elle alla prier Mme Servin de lui accorder un asile et sa protection jusqu'à l'époque fixée par la loi pour son mariage avec Luigi Porta. Là, commença pour elle l'apprentissage des chagrins que le monde sème autour de ceux qui ne suivent pas ses usages. Très affligée du tort que l'aventure de Ginevra faisait à son mari, Mme Servin reçut froidement la fugitive, et lui apprit par des paroles poliment circonspectes qu'elle ne devait pas compter sur son appui. Trop fière pour insister, mais étonnée d'un égoïsme auquel elle n'était pas habituée, la jeune Corse alla se loger dans l'hôtel garni le plus voisin de la maison où demeurait Luigi. Le fils des Porta vint passer toutes ses journées aux pieds de sa future ; son jeune amour, la pureté de ses paroles dissipaient les nuages que la réprobation paternelle amassait sur le front de la fille bannie, et il lui peignait l'avenir si beau qu'elle finissait par sourire, sans néanmoins oublier la rigueur de ses parents.

Un matin, la servante de l'hôtel remit à Ginevra plusieurs malles qui contenaient des étoffes, du linge, et une foule de choses nécessaires à une jeune femme qui se met en ménage ; elle reconnut dans cet envoi la prévoyante bonté d'une mère, car en visitant ces présents, elle trouva une bourse où la baronne avait mis la somme qui appartenait à sa fille, en y joignant le fruit de ses économies. L'argent était accompagné d'une lettre où la mère conjurait la fille d'abandonner son funeste projet de mariage, s'il en était encore temps ; il lui avait fallu, disait-elle, des précautions inouïes pour faire parvenir ces faibles secours à Ginevra ; elle la suppliait de ne pas l'accuser de dureté, si par la suite elle la laissait dans l'abandon, elle craignait de ne pouvoir plus l'assister, elle la bénissait, lui souhaitait de trouver le bonheur dans ce fatal mariage, si elle persistait, en lui assurant qu'elle ne pensait qu'à sa fille chérie. En cet endroit, des larmes avaient effacé plusieurs mots de la lettre.

« Ô ma mère ! » s'écria Ginevra tout attendrie. Elle éprouvait le besoin de se jeter à ses genoux, de la voir, et de respirer l'air bienfaisant de la maison paternelle ; elle s'élançait déjà, quand Luigi entra ; elle le regarda, et sa tendresse filiale s'évanouit, ses larmes se séchèrent, elle ne se sentit pas la force d'abandonner cet enfant si malheureux et si aimant. Être le seul espoir d'une noble créature, l'aimer et l'abandonner ?... ce sacrifice est une trahison dont sont incapables de jeunes âmes. Ginevra eut la générosité d'ensevelir sa douleur au fond de son âme.

Enfin, le jour du mariage arriva. Ginevra ne vit personne autour d'elle. Luigi avait profité du moment où elle s'habillait pour aller chercher les témoins nécessaires à la signature de leur acte de mariage. Ces témoins étaient de braves gens. L'un, ancien maréchal des logis de hussards, avait contracté, à l'armée, envers Luigi, de ces obligations qui ne s'effacent jamais du cœur d'un honnête homme ; il s'était mis loueur de voitures et possédait quelques fiacres. L'autre, entrepreneur de maçonnerie, était le propriétaire de la maison où les nouveaux époux devaient demeurer. Chacun d'eux se fit accompagner par un ami, puis tous quatre vinrent avec Luigi prendre la mariée. Peu accoutumés aux grimaces sociales, et ne voyant rien que de très simple dans le service qu'ils rendaient à Luigi, ces gens s'étaient habillés proprement, mais sans luxe, et rien n'annonçait le joyeux cortège d'une noce. Ginevra, elle-même, se mit très simplement afin de se conformer à sa fortune ; néanmoins sa beauté avait quelque chose de si noble et de si imposant, qu'à son aspect la parole expira sur les lèvres des témoins qui se crurent obligés de lui adresser un compliment, ils la saluèrent avec respect, elle s'inclina ; ils la regardèrent en silence et ne surent plus que l'admirer. Cette réserve jeta du froid entre eux. La joie ne peut éclater que parmi des gens qui se sentent égaux. Le hasard voulut donc que tout fût sombre et grave autour des deux fiancés. Rien ne refléta leur félicité. L'église et la mairie n'étaient pas très éloignées de l'hôtel. Les deux Corses, suivis des quatre témoins que leur imposait la loi, voulurent y aller à pied, dans une simplicité qui dépouilla de tout appareil cette grande scène de la vie sociale. Ils trouvèrent dans la cour de la mairie une foule d'équipages qui annonçaient nombreuse compagnie, ils montèrent et arrivèrent à une grande salle où les mariés dont le bonheur était indiqué pour ce jour-là attendaient assez impatiemment le maire du quartier. Ginevra s'assit près de Luigi au bout d'un grand banc, et leurs témoins restèrent debout, faute de sièges. Deux mariées pompeusement habillées de blanc, chargées de rubans, de dentelles, de perles, et couronnées de bouquets de fleurs d'oranger dont les boutons satinés tremblaient sous leur voile, étaient entourées de leurs familles joyeuses, et accompagnées de leurs mères qu'elles regardaient d'un air à la fois satisfait et craintif ; tous les yeux réfléchissaient leur bonheur, et chaque figure semblait leur prodiguer des bénédictions. Les pères, les témoins, les frères, les sœurs allaient et venaient, comme un essaim se jouant dans un rayon de soleil qui va disparaître. Chacun semblait comprendre la valeur de ce moment fugitif où, dans la vie, le cœur se trouve entre deux espérances : les souhaits du passé, les promesses de l'avenir. A cet aspect, Ginevra sentit son cœur se gonfler, et pressa le bras de Luigi qui lui lança un regard. Une larme roula dans les yeux du jeune Corse, il ne comprit jamais mieux qu'alors tout ce que sa Ginevra lui sacrifiait. Cette larme précieuse fit oublier à la jeune fille l'abandon dans lequel elle se trouvait. L'amour versa des trésors de lumière entre les deux amants, qui ne virent plus qu'eux au milieu de ce tumulte : ils étaient là, seuls, dans cette foule, tels qu'ils devaient être dans la vie. Leurs témoins, indifférents à la cérémonie, causaient tranquillement de leurs affaires.

« L'avoine est bien chère, disait le maréchal des logis au maçon.

— Elle n'est pas encore si renchérie que le plâtre, proportion gardée », répondit l'entrepreneur.

Et ils firent un tour dans la salle.

« Comme on perd du temps ici », s'écria le maçon en remettant dans sa poche une grosse montre d'argent.

Luigi et Ginevra, serrés l'un contre l'autre, semblaient ne faire qu'une même personne. Certes, un poète aurait admiré ces deux têtes unies par un même sentiment, également colorées, mélancoliques et silencieuses en présence de deux noces bourdonnant, devant quatre familles tumultueuses, étincelant de diamants, de fleurs, et dont la gaieté avait quelque chose de passager. Tout ce que ces groupes bruyants et splendides mettaient de joie en dehors, Luigi et Ginevra l'ensevelissaient au fond de leurs cœurs. D'un côté, le grossier fracas du plaisir ; de l'autre, le délicat silence des âmes joyeuses : la terre et le ciel. Mais la tremblante Ginevra ne sut pas entièrement dépouiller les faiblesses de la femme. Superstitieuse comme une Italienne, elle voulut voir un présage dans ce contraste, et garda au fond de son cœur un sentiment d'effroi, invincible autant que son amour. Tout à coup, un garçon de bureau à la livrée de la Ville ouvrit une porte à deux battants, l'on fit silence, et sa voix retentit comme un glapissement en appelant M. Luigi da Porta et Mlle Ginevra di Piombo. Ce moment causa quelque embarras aux deux fiancés. La célébrité du nom de Piombo attira l'attention, les spectateurs cherchèrent une noce qui semblait devoir être somptueuse. Ginevra se leva, ses regards foudroyants d'orgueil imposèrent à toute la foule, elle donna le bras à Luigi, et marcha d'un pas ferme suivie de ses témoins. Un murmure d'étonnement qui alla croissant, un chuchotement général vint rappeler à Ginevra que le monde lui demandait compte de l'absence de ses parents : la malédiction paternelle semblait la poursuivre.

« Attendez les familles, dit le maire à l'employé qui lisait promptement les actes.

— Le père et la mère protestent, répondit flegmatiquement le secrétaire.

— Des deux côtés ? reprit le maire.

— L'époux est orphelin.

— Où sont les témoins ?

— Les voici, répondit encore le secrétaire en montrant les quatre hommes immobiles et muets qui, les bras croisés, ressemblaient à des statues.

— Mais, s'il y a protestation ? dit le maire.

— Les actes respectueux ont été légalement faits », répliqua l'employé en se levant pour transmettre au fonctionnaire les pièces annexées à l'acte de mariage.

Ce débat bureaucratique eut quelque chose de flétrissant et contenait en peu de mots toute une histoire. La haine des Porta et des Piombo, de terribles passions furent inscrites sur une page de l'état civil, comme sur la pierre d'un tombeau sont gravées en quelques lignes les annales d'un peuple, et souvent même en un mot : Robespierre ou Napoléon. Ginevra tremblait. Semblable à la colombe qui, traversant les mers, n'avait que l'arche pour poser ses pieds, elle ne pouvait réfugier son regard que dans les yeux de Luigi, car tout était triste et froid autour d'elle. Le maire avait un air improbateur et sévère, et son commis regardait les deux époux avec une curiosité malveillante. Rien n'eut jamais moins l'air d'une fête. Comme toutes les choses de la vie humaine quand elles sont dépouillées de leurs accessoires, ce fut un fait simple en lui-même, immense par la pensée. Après quelques interrogations auxquelles les époux répondirent, après quelques paroles marmottées par le maire, et après l'apposition de leurs signatures sur le registre, Luigi et Ginevra furent unis. Les deux jeunes Corses, dont l'alliance offrait toute la poésie consacrée par le génie dans celle de Roméo et Juliette, traversèrent deux haies de parents joyeux auxquels ils n'appartenaient pas, et qui s'impatientaient presque du retard que leur causait ce mariage si triste en apparence. Quand la jeune fille se trouva dans la cour de la mairie et sous le ciel, un soupir s'échappa de son sein.

« Oh ! toute une vie de soins et d'amour suffira-t-elle pour reconnaître le courage et la tendresse de ma Ginevra ? » lui dit Luigi.

A ces mots accompagnés par des larmes de bonheur, la mariée oublia toutes ses souffrances ; car elle avait souffert de se présenter devant le monde, en réclamant un bonheur que sa famille refusait de sanctionner.

« Pourquoi les hommes se mettent-ils donc entre nous ? » dit-elle avec une naïveté de sentiment qui ravit Luigi.

Le plaisir rendit les deux époux plus légers. Ils ne virent ni ciel, ni terre, ni maisons, et volèrent comme avec des ailes vers l'église. Enfin, ils arrivèrent à une petite chapelle obscure et devant un autel sans pompe où un vieux prêtre célébra leur union. Là, comme à la mairie, ils furent entourés par les deux noces qui les persécutaient de leur éclat. L'église, pleine d'amis et de parents, retentissait du bruit que faisaient les carrosses, les bedeaux, les suisses, les prêtres. Les autels brillaient de tout le luxe ecclésiastique, les couronnes de fleurs d'oranger qui paraient les statues de la Vierge semblaient être neuves. On ne voyait que fleurs, que parfums, que cierges étincelants, que coussins de velours brodés d'or. Dieu paraissait être complice de cette joie d'un jour. Quand il fallut tenir au-dessus des têtes de Luigi et de Ginevra ce symbole d'union éternelle, ce joug de satin blanc, doux, brillant, léger pour les uns, et de plomb pour le plus grand nombre, le prêtre chercha, mais en vain, les jeunes garçons qui remplissent ce joyeux office : deux des témoins les remplacèrent. L'ecclésiastique fit à la hâte une instruction aux époux sur les périls de la vie, sur les devoirs qu'ils enseigneraient un jour à leurs enfants ; et, à ce sujet, il glissa un reproche indirect sur l'absence des parents de Ginevra ; puis, après les avoir unis devant Dieu, comme le maire les avait unis devant la Loi, il acheva sa messe et les quitta.

« Dieu les bénisse ! dit Vergniaud au maçon sous le porche de l'église. Jamais deux créatures ne furent mieux faites l'une pour l'autre. Les parents de cette fille-là sont des infirmes. Je ne connais pas de soldat plus brave que le colonel Louis ! Si tout le monde s'était comporté comme lui, l'autre y serait encore. »

La bénédiction du soldat, la seule qui, dans ce jour, leur eût été donnée, répandit comme un baume sur le cœur de Ginevra.

Ils se séparèrent en se serrant la main, et Luigi remercia cordialement son propriétaire.

« Adieu, mon brave, dit Luigi au maréchal, je te remercie.

— Tout à votre service, mon colonel. Ame, individu, chevaux et voitures, chez moi tout est à vous.

— Comme il t'aime ! » dit Ginevra.

Luigi entraîna vivement sa mariée à la maison qu'ils devaient habiter, ils atteignirent bientôt leur modeste appartement ; et, là, quand la porte fut refermée, Luigi prit sa femme dans ses bras en s'écriant : « Ô ma Ginevra ! car maintenant tu es à moi, ici est la véritable fête. Ici, reprit-il, tout nous sourira. »

Ils parcoururent ensemble les trois chambres qui composaient leur logement. La pièce d'entrée servait de salon et de salle à manger. A droite se trouvait une chambre à coucher, à gauche un grand cabinet que Luigi avait fait arranger pour sa chère femme et où elle trouva les chevalets, la boîte à couleurs, les plâtres, les modèles, les mannequins, les tableaux, les portefeuilles, enfin tout le mobilier de l'artiste.

« Je travaillerai donc là », dit-elle avec une expression enfantine. Elle regarda longtemps la tenture, les meubles, et toujours elle se retournait vers Luigi pour le remercier, car il y avait une sorte de magnificence dans ce petit réduit : une bibliothèque contenait les livres favoris de Ginevra, au fond était un piano. Elle s'assit sur un divan, attira Luigi près d'elle, et lui serrant la main :

« Tu as bon goût, dit-elle d'une voix caressante.

— Tes paroles me font bien heureux, dit-il.

— Mais voyons donc tout », demanda Ginevra à qui Luigi avait fait un mystère des ornements de cette retraite.

Ils allèrent alors vers une chambre nuptiale, fraîche et blanche comme une vierge.

« Oh ! sortons, dit Luigi en riant.

— Mais je veux tout voir. » Et l'impérieuse Ginevra visita l'ameublement avec le soin curieux d'un antiquaire examinant une médaille, elle toucha les soieries et passa tout en revue avec le contentement naïf d'une jeune mariée qui déploie les richesses de sa corbeille. « Nous commençons par nous ruiner, dit-elle d'un air moitié joyeux, moitié chagrin.

— C'est vrai ! tout l'arriéré de ma solde est là, répondit Luigi. Je l'ai vendu à un brave homme nommé Gigonnet.

— Pourquoi ? reprit-elle d'un ton de reproche où perçait une satisfaction secrète. Crois-tu que je serais moins heureuse sous un toit ? Mais, reprit-elle, tout cela est bien joli, et c'est à nous. » Luigi la contemplait avec tant d'enthousiasme qu'elle baissa les yeux et lui dit : « Allons voir le reste. »

Au-dessus de ces trois chambres, sous les toits, il y avait un cabinet pour Luigi, une cuisine et une chambre de domestique. Ginevra fut satisfaite de son petit domaine, quoique la vue s'y trouvât bornée par le large mur d'une maison voisine, et que la cour d'où venait le jour fût sombre. Mais les deux amants avaient le cœur si joyeux, mais l'espérance leur embellissait si bien l'avenir, qu'ils ne voulurent apercevoir que de charmantes images dans leur mystérieux asile. Ils étaient au fond de cette vaste maison et perdus dans l'immensité de Paris, comme deux perles dans leur nacre, au sein des profondes mers : pour tout autre c'eût été une prison, pour eux ce fut un paradis. Les premiers jours de leur union appartinrent à l'amour. Il leur fut trop difficile de se vouer tout à coup au travail, et ils ne surent pas résister au charme de leur propre passion. Luigi restait des heures entières couché aux pieds de sa femme, admirant la couleur de ses cheveux, la coupe de son front, le ravissant encadrement de ses yeux, la pureté, la blancheur des deux arcs sous lesquels ils glissaient lentement en exprimant le bonheur d'un amour satisfait. Ginevra caressait la chevelure de son Luigi sans se lasser de contempler, suivant une de ses expressions, la *bella folgorante* de ce jeune homme, la finesse de ses traits ; toujours séduite par la noblesse de ses manières, comme elle le séduisait toujours par la grâce des siennes. Ils jouaient comme des enfants avec des riens, ces riens les ramenaient toujours à leur passion, et ils ne cessaient leurs jeux que pour tomber dans la rêverie du *far niente*. Un air chanté par Ginevra leur reproduisait encore les nuances délicieuses de leur amour. Puis, unissant leurs pas comme ils avaient uni leurs âmes, ils parcouraient les campagnes en y retrouvant leur amour partout, dans les fleurs, sur les cieux, au sein des teintes ardentes du soleil couchant ; ils le lisaient jusque sur les nuées capricieuses qui se combattaient dans les airs. Une journée ne ressemblait jamais à la précédente, leur amour allait croissant parce qu'il était vrai. Ils s'étaient éprouvés en peu de jours, et avaient instinctivement reconnu que leurs âmes étaient de celles dont les richesses inépuisables semblent toujours promettre de nouvelles jouissances pour l'avenir. C'était l'amour dans toute sa naïveté, avec ses interminables causeries, ses phrases inachevées, ses longs silences, son repos oriental et sa fougue. Luigi et Ginevra avaient tout compris de l'amour. L'amour n'est-il pas comme la mer qui, vue superficiellement ou à la hâte, est accusée de monotonie par les âmes vulgaires, tandis que certains être privilégiés peuvent passer leur vie à l'admirer en y trouvant sans cesse de changeants phénomènes qui les ravissent ?

Cependant, un jour, la prévoyance vint tirer les jeunes époux de leur Éden, il était devenu nécessaire de travailler pour vivre. Ginevra, qui possédait un talent particulier pour imiter les vieux tableaux, se mit à faire des copies et se forma une clientèle parmi les brocanteurs. De son côté, Luigi chercha très activement de l'occupation ; mais il était fort difficile à un jeune officier, dont tous les talents se bornaient à bien connaître la stratégie, de trouver de l'emploi à Paris. Enfin, un jour que, lassé de ses vains efforts, il avait le désespoir dans l'âme en voyant que le fardeau de leur existence tombait tout entier sur Ginevra, il songea à tirer parti de son écriture, qui était fort belle. Avec une constance dont l'exemple lui était donné par sa femme, il alla solliciter les avoués, les notaires, les avocats de Paris. La franchise de ses manières, sa situation intéressèrent vivement en sa faveur, et il obtint assez d'expéditions pour être obligé de se faire aider par des jeunes gens. Insensiblement il entreprit les écritures en grand. Le produit de ce bureau, le prix des tableaux de Ginevra finirent par mettre le jeune ménage dans une aisance qui le rendit fier, car elle provenait de son industrie. Ce fut pour eux le plus beau moment de leur vie. Les journées s'écoulaient rapidement entre les occupations et les joies de l'amour. Le soir, après avoir bien travaillé, ils se retrouvaient avec bonheur dans la cellule de Ginevra. La musique les consolait de leurs fatigues. Jamais une expression de mélancolie ne vint obscurcir les traits de la jeune femme, et jamais elle ne se permit une plainte. Elle savait toujours apparaître à son Luigi le sourire sur les lèvres et les yeux rayonnants. Tous deux caressaient une pensée dominante qui leur eût fait trouver du plaisir aux travaux les plus rudes : Ginevra se disait qu'elle travaillait pour Luigi, et Luigi pour Ginevra. Parfois, en l'absence de son mari, la jeune femme songeait au bonheur parfait qu'elle aurait eu si cette vie d'amour s'était écoulée en présence de son père et de sa mère, elle tombait alors dans une mélancolie profonde en éprouvant la puissance des remords ; de sombres tableaux passaient comme des ombres dans son imagination : elle voyait son vieux père seul ou sa mère pleurant le soir et dérobant ses larmes à l'inflexible Piombo ; ces deux têtes blanches et graves se dressaient soudain devant elle, il lui semblait qu'elle ne devait plus les contempler qu'à la lueur fantastique du souvenir. Cette idée la poursuivait comme un pressentiment. Elle célébra l'anniversaire de son mariage en donnant à son mari un portrait qu'il avait souvent désiré, celui de sa Ginevra. Jamais la jeune artiste n'avait rien composé de si remarquable. A part une ressemblance parfaite, l'éclat de sa beauté, la pureté de ses sentiments, le bonheur de l'amour y étaient rendus avec une sorte de magie. Le chef-d'œuvre fut inauguré. Ils passèrent encore une autre année au sein de l'aisance. L'histoire de leur vie peut se faire alors en trois mots : *Ils étaient heureux*. Il ne leur arriva donc aucun événement qui mérite d'être rapporté.

Au commencement de l'hiver de l'année 1819, les marchands de tableaux conseillèrent à Ginevra de leur donner autre chose que des copies, car ils ne pouvaient plus les vendre avantageusement par suite de la concurrence. Mme Porta reconnut le tort qu'elle avait eu de ne pas s'exercer à peindre des tableaux de genre qui lui auraient acquis un nom, elle entreprit de faire des portraits ; mais elle eut à lutter contre une foule d'artistes encore moins riches qu'elle ne l'était. Cependant, comme Luigi et Ginevra avaient amassé quelque argent, ils ne désespérèrent pas de l'avenir. A la fin de l'hiver de cette même année, Luigi travailla sans relâche. Lui aussi luttait contre des concurrents : le prix des écritures avait tellement baissé, qu'il ne pouvait plus employer personne, et se trouvait dans la nécessité de consacrer plus de temps qu'autrefois à son labeur pour en retirer la même somme. Sa femme avait fini plusieurs tableaux qui n'étaient pas sans mérite ; mais les marchands achetaient à peine ceux des artistes en réputation, Ginevra les offrit à vil prix sans pouvoir les vendre. La situation de ce ménage eut quelque chose d'épouvantable : les âmes des deux époux nageaient dans le bonheur, l'amour les accablait de ses trésors, la Pauvreté se levait comme un squelette au milieu de cette moisson de plaisir, et ils se cachaient l'un à l'autre leurs inquiétudes. Au moment où Ginevra se sentait près de pleurer en voyant son Luigi souffrant, elle le comblait de caresses. De même Luigi gardait un noir chagrin au fond de son cœur en exprimant à Ginevra le plus tendre amour. Ils cherchaient une compensation à leurs maux dans l'exaltation de leurs sentiments, et leurs paroles, leurs joies, leurs jeux s'empreignaient d'une espèce de frénésie. Ils avaient peur de l'avenir. Quel est le sentiment dont la force puisse se comparer à celle d'une passion qui doit cesser le lendemain, tuée par la mort ou par la nécessité ? Quand ils se parlaient de leur indigence, ils éprouvaient le besoin de se tromper l'un et l'autre, et saisissaient avec une égale ardeur le plus léger espoir. Une nuit, Ginevra chercha vainement Luigi auprès d'elle, et se leva tout effrayée. Une faible lueur reflétée par le mur noir de la petite cour lui fit deviner que son mari travaillait pendant la nuit. Luigi attendait que sa femme fût endormie avant de monter à son cabinet. Quatre heures sonnèrent, Ginevra se recoucha, feignit de dormir, Luigi revint accablé de fatigue et de sommeil, et Ginevra regarda douloureusement cette belle figure sur laquelle les travaux et les soucis imprimaient déjà quelques rides.

« C'est pour moi qu'il passe les nuits à écrire », dit-elle en pleurant.

Une pensée sécha ses larmes. Elle songeait à imiter Luigi. Le jour même, elle alla chez un riche marchand d'estampes, et à l'aide d'une lettre de recommandation qu'elle se fit donner pour le négociant par Élie Magus, un de ses marchands de tableaux, elle obtint une entreprise de coloriages. Le jour, elle peignait et s'occupait des soins du ménage ; puis quand la nuit arrivait, elle coloriait des gravures. Ces deux êtres épris d'amour n'entrèrent alors au lit nuptial que pour en sortir. Tous deux, ils feignaient de dormir, et par dévouement se quittaient aussitôt que l'un avait trompé l'autre. Une nuit, Luigi, succombant à l'espèce de fièvre causée par un travail sous le poids duquel il commençait à plier, ouvrit la lucarne de son cabinet pour respirer l'air pur du matin et secouer ses douleurs ; quand en abaissant ses regards il aperçut la lueur projetée sur le mur par la lampe de Ginevra, le malheureux devina tout, il descendit, marcha doucement et surprit sa femme au milieu de son atelier enluminant des gravures.

« Oh ! Ginevra ! » s'écria-t-il.

Elle fit un saut convulsif sur sa chaise et rougit.

« Pouvais-je dormir tandis que tu t'épuisais de fatigue ? dit-elle.

— Mais c'est à moi seul qu'appartient le droit de travailler ainsi.

— Puis-je rester oisive, répondit la jeune femme dont les yeux se mouillèrent de larmes, quand je sais que chaque morceau de pain nous coûte presque une goutte de ton sang ? Je mourrais si je ne joignais pas mes efforts aux tiens. Tout ne doit-il pas être commun entre nous, plaisirs et peines ?

— Elle a froid, s'écria Luigi avec désespoir. Ferme donc mieux ton châle sur ta poitrine, ma Ginevra, la nuit est humide et fraîche. »

Ils vinrent devant la fenêtre, la jeune femme appuya sa tête sur le sein de son bien-aimé qui la tenait par la taille, et tous deux, ensevelis dans un silence profond, regardèrent le ciel que l'aube éclairait lentement. Des nuages d'une teinte grise se succédèrent rapidement, et l'orient devint de plus en plus lumineux.

« Vois-tu, dit Ginevra, c'est un présage : nous serons heureux.

— Oui, au ciel, répondit Luigi avec un sourire amer. Ô Ginevra ! toi qui méritais tous les trésors de la terre...

— J'ai ton cœur, dit-elle avec un accent de joie.

— Ah ! je ne me plains pas », reprit-il en la serrant fortement contre lui. Et il couvrit de baisers ce visage délicat qui commençait à perdre la fraîcheur de la jeunesse, mais dont l'expression était si tendre et si douce, qu'il ne pouvait jamais le voir sans être consolé.

« Quel silence ! dit Ginevra. Mon ami, je trouve un grand plaisir à veiller. La majesté de la nuit est vraiment contagieuse, elle impose, elle inspire ; il y a je ne sais quelle puissance dans cette idée : tout dort et je veille.

— Ô ! ma Ginevra, ce n'est pas d'aujourd'hui que je sens combien ton âme est délicatement gracieuse ! Mais voici l'aurore, viens dormir.

— Oui, répondit-elle, si je ne dors pas seule. J'ai bien souffert la nuit où je me suis aperçue que mon Luigi veillait sans moi ! »

Le courage avec lequel ces deux jeunes gens combattaient le malheur reçut pendant quelque temps sa récompense ; mais l'événement qui met presque toujours le comble à la félicité des ménages devait leur être funeste : Ginevra eut un fils qui, pour se servir d'une expression populaire, fut *beau comme le jour*. Le sentiment de la maternité doubla les forces de la jeune femme. Luigi emprunta pour subvenir aux dépenses des couches de Ginevra. Dans les premiers moments, elle ne sentit donc pas tout le malaise de sa situation, et les deux époux se livrèrent au bonheur d'élever un enfant. Ce fut leur dernière félicité. Comme deux nageurs qui unissent leurs efforts pour rompre un courant, les deux Corses luttèrent d'abord courageusement ; mais parfois ils s'abandonnaient à une apathie semblable à ces sommeils qui précèdent la mort, et bientôt ils se virent obligés de vendre leurs bijoux. La Pauvreté se montra tout à coup, non pas hideuse, mais vêtue simplement, et presque douce à supporter ; sa voix n'avait rien d'effrayant, elle ne traînait après elle ni désespoir, ni spectres, ni haillons ; mais elle faisait perdre le souvenir et les habitudes de l'aisance, elle usait les ressorts de l'orgueil. Puis, vint la Misère dans toute son horreur, insouciante de ses guenilles et foulant aux pieds tous les sentiments humains. Sept ou huit mois après la naissance du petit Bartholoméo, l'on aurait eu de la peine à reconnaître dans la mère qui allaitait cet enfant malingre l'original de l'admirable portrait, le seul ornement d'une chambre nue. Sans feu par un rude hiver, Ginevra vit les gracieux contours de sa figure se détruire lentement, ses joues devinrent blanches comme de la porcelaine et ses yeux pâles comme si les sources de la vie tarissaient en elle. En voyant son enfant amaigri, décoloré, elle ne souffrait que de cette jeune misère, et Luigi n'avait plus le courage de sourire à son fils.

« J'ai couru tout Paris, disait-il d'une voix sourde, je n'y connais personne, et comment oser demander à des indifférents ?

Vergniaud, le nourrisseur, mon vieil Égyptien, est impliqué dans une conspiration, il a été mis en prison, et d'ailleurs, il m'a prêté tout ce dont il pouvait disposer. Quant à notre propriétaire, il ne nous a rien demandé depuis un an.

— Mais nous n'avons besoin de rien, répondit doucement Ginevra en affectant un air calme.

— Chaque jour qui arrive amène une difficulté de plus », reprit Luigi avec terreur.

Luigi prit tous les tableaux de Ginevra, le portrait, plusieurs meubles desquels le ménage pouvait encore se passer, il vendit tout à vil prix, et la somme qu'il en obtint prolongea l'agonie du ménage pendant quelques moments. Dans ces jours de malheur, Ginevra montra la sublimité de son caractère et l'étendue de sa résignation, elle supporta stoïquement les atteintes de la douleur ; son âme énergique la soutenait contre tous les maux ; elle travaillait d'une main défaillante auprès de son fils mourant, expédiait les soins du ménage avec une activité miraculeuse, et suffisait à tout. Elle était même heureuse encore quand elle voyait sur les lèvres de Luigi un sourire d'étonnement à l'aspect de la propreté qu'elle faisait régner dans l'unique chambre où ils s'étaient réfugiés.

« Mon ami, je t'ai gardé ce morceau de pain, lui dit-elle un soir qu'il rentrait fatigué.

— Et toi ?

— Moi, j'ai dîné, cher Luigi, je n'ai besoin de rien. »

Et la douce expression de son visage le pressait encore plus que sa parole d'accepter une nourriture de laquelle elle se privait. Luigi l'embrassa par un de ces baisers de désespoir qui se donnaient en 1793 entre amis à l'heure où ils montaient ensemble à l'échafaud. En ces moments suprêmes, deux êtres se voient cœur à cœur. Aussi, le malheureux Luigi, comprenant tout à coup que sa femme était à jeun, partagea-t-il la fièvre qui la dévorait, il frissonna, sortit en prétextant une affaire pressante, car il aurait mieux aimé prendre le poison le plus subtil, plutôt que d'éviter la mort en mangeant le dernier morceau de pain qui se trouvait chez lui. Il se mit à errer dans Paris au milieu des voitures les plus brillantes, au sein de ce luxe insultant qui éclate partout ; il passa promptement devant les boutiques des changeurs où l'or étincelle ; enfin, il résolut de se vendre, de s'offrir comme remplaçant pour le service militaire en espérant que ce sacrifice sauverait Ginevra, et que, pendant son absence, elle pourrait rentrer en grâce auprès de Bartholoméo. Il alla donc trouver un de ces hommes qui font la traite des Blancs, et il éprouva une sorte de bonheur à reconnaître en lui un ancien officier de la Garde impériale.

« Il y a deux jours que je n'ai mangé, lui dit-il d'une voix lente et faible, ma femme meurt de faim, et ne m'adresse pas une plainte, elle expirerait en souriant, je crois. De grâce, mon camarade, ajouta-t-il avec un sourire amer, achète-moi d'avance, je suis robuste, je ne suis plus au service, et je... »

L'officier donna une somme à Luigi en acompte sur celle qu'il s'engageait à lui procurer. L'infortuné poussa un rire convulsif quand il tint une poignée de pièces d'or, il courut de toute sa force vers sa maison, haletant, et criant parfois : « Ô ma Ginevra ! Ginevra ! » Il commençait à faire nuit quand il arriva chez lui. Il entra tout doucement, craignant de donner une trop forte émotion à sa femme, qu'il avait laissée faible. Les derniers rayons du soleil pénétrant par la lucarne venaient mourir sur le visage de Ginevra qui dormait assise sur une chaise en tenant son enfant sur son sein.

« Réveille-toi, mon âme », dit-il sans s'apercevoir de la pose de son enfant qui dans ce moment conservait un éclat surnaturel.

En entendant cette voix, la pauvre mère ouvrit les yeux, rencontra le regard de Luigi, et sourit ; mais Luigi jeta un cri d'épouvante : à peine reconnut-il sa femme quasi folle à qui par un geste d'une sauvage énergie il montra l'or. Ginevra se mit à rire machinalement, et tout à coup elle s'écria d'une voix affreuse : « Louis ! l'enfant est froid. » Elle regarda son fils et s'évanouit : le petit Barthélemy était mort. Luigi prit sa femme dans ses bras sans lui ôter l'enfant qu'elle serrait avec une force incompréhensible ; et après l'avoir posée sur le lit, il sortit pour appeler au secours.

« Ô mon Dieu ! dit-il à son propriétaire qu'il rencontra sur l'escalier, j'ai de l'or, et mon enfant est mort de faim, sa mère se meurt, aidez-nous ! »

Il revint comme un désespéré vers sa femme, et laissa l'honnête maçon occupé, ainsi que plusieurs voisins, de rassembler tout ce qui pouvait soulager une misère inconnue jusqu'alors, tant les deux Corses l'avaient soigneusement cachée par un sentiment d'orgueil. Luigi avait jeté son or sur le plancher, et s'était agenouillé au chevet du lit où gisait sa femme.

« Mon père ! prenez soin de mon fils qui porte votre nom, s'écriait Ginevra dans son délire.

— Ô mon ange ! calme-toi, lui disait Luigi en l'embrassant, de beaux jours nous attendent. »

Cette voix et cette caresse lui rendirent quelque tranquillité.

« Ô mon Louis ! reprit-elle en le regardant avec une attention extraordinaire, écoute-moi bien. Je sens que je meurs. Ma mort est naturelle, je souffrais trop, et puis un bonheur aussi grand que le mien devait se payer. Oui, mon Luigi, console-toi. J'ai été si heureuse, que si je recommençais à vivre, j'accepterais encore notre destinée. Je suis une mauvaise mère : je te regrette encore plus que je ne regrette mon enfant. — Mon enfant », ajouta-t-elle d'un son de voix profond. Deux larmes se détachèrent de ses yeux mourants, et soudain elle pressa le cadavre qu'elle n'avait pu réchauffer. « Donne ma chevelure à mon père, en souvenir de sa Ginevra, reprit-elle. Dis-lui bien que je ne l'ai jamais accusé... » Sa tête tomba sur le bras de son époux.

« Non, tu ne peux pas mourir, s'écria Luigi, le médecin va venir. Nous avons du pain. Ton père va te recevoir en grâce. La prospérité s'est levée pour nous. Reste avec nous, ange de beauté ! »

Mais ce cœur fidèle et plein d'amour devenait froid, Ginevra tournait instinctivement les yeux vers celui qu'elle adorait, quoiqu'elle ne fût plus sensible à rien : des images confuses s'offraient à son esprit, près de perdre tout souvenir de la terre. Elle savait que Luigi était là, car elle serrait toujours plus fortement sa main glacée, et semblait vouloir se retenir au-dessus d'un précipice où elle croyait tomber.

« Mon ami, dit-elle enfin, tu as froid, je vais te réchauffer. »

Elle voulut mettre la main de son mari sur son cœur, mais elle expira. Deux médecins, un prêtre, des voisins entrèrent en ce moment en apportant tout ce qui était nécessaire pour sauver les deux époux et calmer leur désespoir. Ces étrangers firent beaucoup de bruit d'abord ; mais quand ils furent entrés, un affreux silence régna dans cette chambre.

Pendant que cette scène avait lieu, Bartholoméo et sa femme étaient assis dans leurs fauteuils antiques, chacun à un coin de la vaste cheminée dont l'ardent brasier réchauffait à peine l'immense salon de leur hôtel. La pendule marquait minuit. Depuis longtemps le vieux couple avait perdu le sommeil. En ce moment, ils étaient silencieux comme deux vieillards tombés en enfance et qui regardent tout sans rien voir. Leur salon désert, mais plein de souvenirs pour eux, était faiblement éclairé par une seule lampe près de mourir. Sans les flammes pétillantes du foyer, ils eussent été dans une obscurité complète. Un de leurs amis venait de les quitter, et la chaise sur laquelle il s'était assis pendant sa visite se trouvait entre les deux Corses. Piombo avait déjà jeté plus d'un regard sur cette chaise, et ces regards pleins d'idées se succédaient comme des remords, car la chaise vide était celle de Ginevra. Élisa Piombo épiait les expressions qui passaient sur la blanche figure de son mari. Quoiqu'elle fût habituée à deviner les sentiments du Corse, d'après les changeantes révolutions de ses traits, ils étaient tour à tour si menaçants et si mélancoliques, qu'elle ne pouvait plus lire dans cette âme incompréhensible.

Bartholoméo succombait-il sous les puissants souvenirs que réveillait cette chaise ? était-il choqué de voir qu'elle venait de servir pour la première fois à un étranger depuis le départ de sa fille ? l'heure de sa clémence, cette heure si vainement attendue jusqu'alors, avait-elle sonné ?

Ces réflexions agitèrent successivement le cœur d'Élisa Piombo. Pendant un instant la physionomie de son mari devint si terrible, qu'elle trembla d'avoir osé employer une ruse si simple pour faire naître l'occasion de parler de Ginevra. En ce moment, la bise chassa si violemment les flocons de neige sur les persiennes, que les deux vieillards purent en entendre le léger bruissement. La mère de Ginevra baissa la tête pour dérober ses larmes à son mari. Tout à coup un soupir sortit de la poitrine du vieillard, sa femme le regarda, il était abattu ; elle hasarda pour la seconde fois, depuis trois ans, à lui parler de sa fille.

« Si Ginevra avait froid », s'écria-t-elle doucement. Piombo tressaillit. « Elle a peut-être faim », dit-elle en continuant. Le Corse laissa échapper une larme. « Elle a un enfant, et ne peut pas le nourrir, son lait s'est tari, reprit vivement la mère avec l'accent du désespoir.

— Qu'elle vienne ! qu'elle vienne, s'écria Piombo. Ô mon enfant chéri ! tu m'as vaincu. »

La mère se leva comme pour aller chercher sa fille. En ce moment, la porte s'ouvrit avec fracas, et un homme dont le visage n'avait plus rien d'humain surgit tout à coup devant eux.

« *Morte !* Nos deux familles devaient s'exterminer l'une par l'autre, car voilà tout ce qui reste d'elle », dit-il en posant sur une table la longue chevelure noire de Ginevra.

Les deux vieillards frissonnèrent comme s'ils eussent reçu une commotion de la foudre, et ne virent plus Luigi.

« Il nous épargne un coup de feu, car il est mort », s'écria lentement Bartholoméo en regardant à terre.

Paris, janvier 1830.

LA BOURSE

À SOFKA

N'avez-vous pas remarqué, Mademoiselle, qu'en mettant deux figures en adoration aux côtés d'une belle sainte, les peintres ou les sculpteurs du Moyen Age n'ont jamais manqué de leur imprimer une ressemblance filiale ? En voyant votre nom parmi ceux qui me sont chers et sous la protection desquels je place mes œuvres, souvenez-vous de cette touchante harmonie, et vous trouverez ici moins un hommage que l'expression de l'affection fraternelle que vous a vouée

Votre serviteur, De Balzac.

Il est pour les âmes faciles à s'épanouir une heure délicieuse qui survient au moment où la nuit n'est pas encore et où le jour n'est plus ; la lueur crépusculaire jette alors ses teintes molles ou ses reflets bizarres sur tous les objets, et favorise une rêverie qui se marie vaguement aux jeux de la lumière et de l'ombre. Le silence qui règne presque toujours en cet instant le rend plus particulièrement cher aux artistes qui se recueillent, se mettent à quelques pas de leurs œuvres auxquelles ils ne peuvent plus travailler, et ils les jugent en s'enivrant du sujet dont le sens intime éclate alors aux yeux intérieurs du génie. Celui qui n'est pas demeuré pensif près d'un ami, pendant ce moment de songes poétiques, en comprendra difficilement les indicibles bénéfices. A la faveur du clair-obscur, les ruses matérielles employées par l'art pour faire croire à des réalités disparaissent entièrement. S'il s'agit d'un tableau, les personnages qu'il représente semblent et parler et marcher : l'ombre devient ombre, le jour est jour, la chair est vivante, les yeux remuent, le sang coule dans les veines, et les étoffes chatoient. L'imagination aide au naturel de chaque détail et ne voit plus que les beautés de l'œuvre. A cette heure, l'illusion règne despotiquement : peut-être se lève-t-elle avec la nuit ? l'illusion n'est-elle pas pour la pensée une espèce de nuit que nous meublons de songes ? L'illusion déploie alors ses ailes, elle emporte l'âme dans le monde des fantaisies, monde fertile en voluptueux caprices et où l'artiste oublie le monde positif, la veille et le lendemain, l'avenir, tout jusqu'à ses misères, les bonnes comme les mauvaises. A cette heure de magie, un jeune peintre, homme de talent, et qui dans l'art ne voyait que l'art même, était monté sur la double échelle qui lui servait à peindre une grande, une haute toile presque terminée. Là, se critiquant, s'admirant avec bonne foi, nageant au cours de ses pensées, il s'abîmait dans une de ces méditations qui ravissent l'âme et la grandissent, la caressent et la consolent. Sa rêverie dura longtemps sans doute. La nuit vint. Soit qu'il voulût descendre de son échelle, soit qu'il eût fait un mouvement imprudent en se croyant sur le plancher, l'événement ne lui permit pas d'avoir un souvenir exact des causes de son accident, il tomba, sa tête porta sur un tabouret, il perdit connaissance et resta sans mouvement pendant un laps de temps dont la durée lui fut inconnue. Une douce voix le tira de l'espèce d'engourdissement dans lequel il était plongé. Lorsqu'il ouvrit les yeux, la vue d'une vive lumière les lui fit refermer promptement ; mais à travers le voile qui enveloppait ses sens, il entendit le chuchotement de deux femmes, et sentit deux jeunes, deux timides mains entre lesquelles reposait sa tête. Il reprit bientôt connaissance et put apercevoir, à la lueur d'une de ces vieilles lampes dites *à double courant d'air*, la plus délicieuse tête de jeune fille qu'il eût jamais vue, une de ces têtes qui souvent passent pour un caprice du pinceau, mais qui tout à coup réalisa pour lui les théories de ce beau idéal que se crée chaque artiste et d'où procède son talent. Le visage de l'inconnue appartenait, pour ainsi dire, au type fin et délicat de l'école de Prudhon, et possédait aussi cette poésie que Girodet donnait à ses figures fantastiques. La fraîcheur des tempes, la régularité des sourcils, la pureté des lignes, la virginité fortement empreinte dans tous les traits de cette physionomie faisaient de la jeune fille une création accomplie. La taille était souple et mince, les formes étaient frêles. Ses vêtements, quoique simples et propres, n'annonçaient ni fortune ni misère. En reprenant possession de lui-même, le peintre exprima son admiration par un regard de surprise, et balbutia de confus remerciements. Il trouva son front pressé par un mouchoir, et reconnut, malgré l'odeur particulière aux ateliers, la senteur forte de l'éther, sans doute employé pour le tirer de son évanouissement. Puis, il finit par voir une vieille femme, qui ressemblait aux marquises de l'ancien régime, et qui tenait la lampe en donnant des conseils à la jeune inconnue.

« Monsieur », répondit la jeune fille à l'une des demandes faites par le peintre pendant le moment où il était encore en proie à tout le vague que la chute avait produit dans ses idées, « ma mère et moi, nous avons entendu le bruit de votre corps sur le plancher, nous avons cru distinguer un gémissement. Le silence qui a succédé à la chute nous a effrayées, et nous nous sommes empressées de monter. En trouvant la clef sur la porte, nous nous sommes heureusement permis d'entrer, et nous vous avons aperçu étendu par terre, sans mouvement. Ma mère a été chercher tout ce qu'il fallait pour faire une compresse et vous ranimer. Vous êtes blessé au front, là, sentez-vous ?

— Oui, maintenant, dit-il.

— Oh ! cela ne sera rien, reprit la vieille mère. Votre tête a, par bonheur, porté sur ce mannequin.

— Je me sens infiniment mieux, répondit le peintre, je n'ai plus besoin que d'une voiture pour retourner chez moi. La portière ira m'en chercher une. »

Il voulut réitérer ses remerciements aux deux inconnues ; mais, à chaque phrase, la vieille dame l'interrompait en disant : « Demain, monsieur, ayez bien soin de mettre des sangsues ou de vous faire saigner, buvez quelques tasses de vulnéraire, soignez-vous, les chutes sont dangereuses. »

La jeune fille regardait à la dérobée le peintre et les tableaux de l'atelier. Sa contenance et ses regards révélaient une décence parfaite ; sa curiosité ressemblait à de la distraction, et ses yeux paraissaient exprimer cet intérêt que les femmes portent, avec une spontanéité pleine de grâce, à tout ce qui est malheur en nous. Les deux inconnues semblaient oublier les œuvres du peintre en présence du peintre souffrant. Lorsqu'il les eut rassurées sur sa situation, elles sortirent en l'examinant avec une sollicitude également dénuée d'emphase et de familiarité, sans lui faire de questions indiscrètes, ni sans chercher à lui inspirer le désir de les connaître. Leurs actions furent marquées au coin d'un naturel exquis et du bon goût. Leurs manières nobles et simples produisirent d'abord peu d'effet sur le peintre ; mais plus tard, lorsqu'il se souvint de toutes les circonstances de cet événement, il en fut vivement frappé. En arrivant à l'étage au-dessus duquel était situé l'atelier du peintre, la vieille femme s'écria doucement : « Adélaïde, tu as laissé la porte ouverte.

— C'était pour me secourir, répondit le peintre avec un sourire de reconnaissance.

— Ma mère, vous êtes descendue tout à l'heure, répliqua la jeune fille en rougissant.

— Voulez-vous que nous vous accompagnions jusqu'en bas ? dit la mère au peintre. L'escalier est sombre.

— Je vous remercie, madame, je suis bien mieux.

— Tenez bien la rampe ! »

Les deux femmes restèrent sur le palier pour éclairer le jeune homme en écoutant le bruit de ses pas.

Afin de faire comprendre tout ce que cette scène pouvait avoir de piquant et d'inattendu pour le peintre, il faut ajouter que depuis quelques jours seulement il avait installé son atelier dans les combles de cette maison, sise à l'endroit le plus obscur, partant le plus boueux, de la rue de Surène, presque devant l'église de la Madeleine, à deux pas de son appartement qui se trouvait rue des Champs-Élysées. La célébrité que son talent lui avait acquise ayant fait de lui l'un des artistes les plus chers à la France, il commençait à ne plus connaître le besoin, et jouissait, selon son expression, de ses dernières misères. Au lieu d'aller travailler dans un de ces ateliers situés près des barrières et dont le loyer modique était jadis en rapport avec la modestie de ses gains, il avait satisfait à un désir qui renaissait tous les jours, en s'évitant une longue course et la perte d'un temps devenu pour lui plus précieux que jamais. Personne au monde n'eût inspiré autant d'intérêt qu'Hippolyte Schinner s'il eût consenti à se faire connaître ; mais il ne confiait pas légèrement les secrets de sa vie. Il était l'idole d'une mère pauvre qui l'avait élevé au prix des plus dures privations. Mlle Schinner, fille d'un fermier alsacien, n'avait jamais été mariée. Son âme tendre fut jadis cruellement froissée par un homme riche qui ne se piquait pas d'une grande délicatesse en amour. Le jour où, jeune fille et dans tout l'éclat de sa beauté, dans toute la gloire de sa vie, elle subit, aux dépens de son cœur et de ses belles illusions, ce désenchantement qui nous atteint si lentement et si vite, car nous voulons croire le plus tard possible au mal et il nous semble toujours venu trop promptement, ce jour fut tout un siècle de réflexions, et ce fut aussi le jour des pensées religieuses et de la résignation. Elle refusa les aumônes de celui qui l'avait trompée, renonça au monde, et se fit une gloire de sa faute. Elle se donna toute à l'amour maternel en lui demandant, pour les jouissances sociales auxquelles elle disait adieu, toutes ses délices. Elle vécut de son travail, en accumulant un trésor dans son fils. Aussi plus tard, un jour, une heure lui paya-t-elle les longs et lents sacrifices de son indigence. A la dernière exposition, son fils avait reçu la croix de la Légion d'honneur. Les journaux, unanimes en faveur d'un talent ignoré, retentissaient encore de louanges sincères. Les artistes eux-mêmes reconnaissaient Schinner pour un maître, et les marchands couvraient d'or ses tableaux. A vingt-cinq ans, Hippolyte Schinner, auquel sa mère avait transmis son âme de femme, avait, mieux que jamais, compris sa situation dans le monde. Voulant rendre à sa mère les jouissances dont la société l'avait privée pendant si longtemps, il vivait pour elle, espérant à force de gloire et de fortune la voir un jour heureuse, riche, considérée, entourée d'hommes célèbres. Schinner avait donc choisi ses amis parmi les hommes les plus honorables et les plus distingués. Difficile dans le choix de ses relations, il voulait encore élever sa position que son talent faisait déjà si haute. En le forçant à demeurer dans la solitude, cette mère des grandes pensées, le travail auquel il s'était voué dès sa jeunesse l'avait laissé dans les belles croyances qui décorent les premiers jours de la vie. Son âme adolescente ne méconnaissait aucune des mille pudeurs qui font du jeune homme un être à part dont le cœur abonde en félicités, en poésies, en espérances vierges, faibles aux yeux des gens blasés, mais profondes parce qu'elles sont simples. Il avait été doué de ces manières douces et polies qui vont si bien à l'âme et séduisent ceux mêmes par qui elles ne sont pas comprises. Il était bien fait. Sa voix, qui partait du cœur, y remuait chez les autres des sentiments nobles, et témoignait d'une modestie vraie par une certaine candeur dans l'accent. En le voyant, on se sentait porté vers lui par une de ces attractions morales que les savants ne savent heureusement pas encore analyser, ils y trouveraient quelque phénomène de galvanisme ou le jeu de je ne sais quel fluide, et formuleraient nos sentiments par des proportions d'oxygène et d'électricité. Ces détails feront peut-être comprendre aux gens hardis par caractère et aux hommes bien cravatés pourquoi, pendant l'absence du portier, qu'il avait envoyé chercher une voiture au bout de la rue de la Madeleine, Hippolyte Schinner ne fit à la portière aucune question sur les deux personnes dont le bon cœur s'était dévoilé pour lui. Mais quoiqu'il répondît par oui et non aux demandes, naturelles en semblable occurrence, qui lui furent faites par cette femme sur son accident et sur l'intervention officieuse des locataires qui occupaient le quatrième étage, il ne put l'empêcher d'obéir à l'instinct des portiers ; elle lui parla des deux inconnues selon les intérêts de sa politique et d'après les jugements souterrains de la loge.

« Ah ! dit-elle, c'est sans doute Mlle Leseigneur et sa mère qui demeurent ici depuis quatre ans. Nous ne savons pas encore ce que font ces dames ; le matin, jusqu'à midi seulement, une vieille femme de ménage à moitié sourde, et qui ne parle pas plus qu'un mur, vient les servir ; le soir, deux ou trois vieux messieurs, décorés comme vous, monsieur, dont l'un a équipage, des domestiques, et à qui l'on donne soixante mille livres de rente, arrivent chez elles, et restent souvent très tard. C'est d'ailleurs des locataires bien tranquilles, comme vous, monsieur ; et puis, c'est économe, ça vit de rien ; aussitôt qu'il arrive une lettre, elles la paient. C'est drôle, monsieur, la mère se nomme autrement que la fille. Ah ! quand elles vont aux Tuileries, mademoiselle est bien flambante, et ne sort pas de fois qu'elle ne soit suivie de jeunes gens auxquels elle ferme la porte au nez, et elle fait bien. Le propriétaire ne souffrirait pas... »

La voiture était arrivée, Hippolyte n'en entendit pas davantage et revint chez lui. Sa mère, à laquelle il raconta son aventure, pansa de nouveau sa blessure, et ne lui permit pas de retourner le lendemain à son atelier. Consultation faite, diverses prescriptions furent ordonnées, et Hippolyte resta trois jours au logis. Pendant cette réclusion, son imagination inoccupée lui rappela vivement, et comme par fragments, les détails de la scène qui suivit son évanouissement. Le profil de la jeune fille tranchait fortement sur les ténèbres de sa vision intérieure : il revoyait le visage flétri de la mère ou sentait encore les mains d'Adélaïde, il retrouvait un geste qui l'avait peu frappé d'abord mais dont les grâces exquises furent mises en relief par le souvenir ; puis une attitude ou les sons d'une voix mélodieuse embellis par le lointain de la mémoire reparaissaient tout à coup, comme ces objets qui plongés au fond des eaux reviennent à la surface. Aussi, le jour où il put reprendre ses travaux, retourna-t-il de bonne heure à son atelier ; mais la visite qu'il avait incontestablement le droit de faire à ses voisines fut la véritable cause de son empressement, il oubliait déjà ses tableaux commencés. Au moment où une passion brise ses langes, il se rencontre des plaisirs inexplicables que comprennent ceux qui ont aimé. Ainsi quelques personnes sauront pourquoi le peintre monta lentement les marches du quatrième étage, et seront dans le secret des pulsations qui se succédèrent rapidement dans son cœur au moment où il vit la porte brune du modeste appartement habité par Mlle Leseigneur. Cette fille, qui ne portait pas le nom de sa mère, avait éveillé mille sympathies chez le jeune peintre ; il voulait voir entre elle et lui quelques similitudes de position, et la dotait des malheurs de sa propre origine. Tout en travaillant, Hippolyte se livra fort complaisamment à des pensées d'amour, et fit beaucoup de bruit pour obliger les deux dames à s'occuper de lui comme il s'occupait d'elles. Il resta très tard à son atelier, il y dîna ; puis, vers sept heures, descendit chez ses voisines.

Aucun peintre de mœurs n'a osé nous initier, par pudeur peut-être, aux intérieurs vraiment curieux de certaines existences parisiennes, au secret de ces habitations d'où sortent de si fraîches, de si élégantes toilettes, des femmes si brillantes qui, riches au-dehors, laissent voir partout chez elles les signes d'une fortune équivoque. Si la peinture est ici trop franchement dessinée, si vous y trouvez des longueurs, n'en accusez pas la description qui fait, pour ainsi dire, corps avec l'histoire, car l'aspect de l'appartement habité par ses deux voisines influa beaucoup sur les sentiments et sur les espérances d'Hippolyte Schinner.

La maison appartenait à l'un de ces propriétaires chez lesquels préexiste une horreur profonde pour les réparations et pour les embellissements, un de ces hommes qui considèrent leur position de propriétaire parisien comme un état. Dans la grande chaîne des espèces morales, ces gens tiennent le milieu entre l'avare et l'usurier. Optimistes par calcul, ils sont tous fidèles au *statu quo* de l'Autriche. Si vous parlez de déranger un placard ou une porte, de pratiquer la plus nécessaire des ventouses, leurs yeux brillent, leur bile s'émeut, ils se cabrent comme des chevaux effrayés. Quand le vent a renversé quelques faîteaux de leurs cheminées, ils sont malades et se privent d'aller au Gymnase ou à la Porte-Saint-Martin pour cause de réparations. Hippolyte, qui, à propos de certains embellissements à faire dans son atelier, avait eu *gratis* la représentation d'une scène comique avec le sieur Molineux, ne s'étonna pas des tons noirs et gras, des teintes huileuses, des taches et autres accessoires assez désagréables qui décoraient les boiseries. Ces stigmates de misère ne sont point d'ailleurs sans poésie aux yeux d'un artiste.

Mlle Leseigneur vint elle-même ouvrir la porte. En reconnaissant le jeune peintre, elle le salua ; puis, en même temps, avec cette dextérité parisienne et cette présence d'esprit que la fierté donne, elle se retourna pour fermer la porte d'une cloison vitrée à travers laquelle Hippolyte aurait pu entrevoir quelques linges étendus sur des cordes au-dessus des fourneaux économiques, un vieux lit de sangles, la braise, le charbon, les fers à repasser, la fontaine filtrante, la vaisselle et tous les ustensiles particuliers aux petits ménages. Des rideaux de mousseline assez propres cachaient soigneusement ce *capharnaüm*, mot en usage pour désigner familièrement ces espèces de laboratoires, mal éclairé d'ailleurs par des jours de souffrance pris sur une cour voisine. Avec le rapide coup d'œil des artistes, Hippolyte vit la destination, les meubles, l'ensemble et l'état de cette première pièce coupée en deux. La partie honorable, qui servait à la fois d'antichambre et de salle à manger, était tendue d'un vieux papier de couleur aurore, à bordure veloutée, sans doute fabriqué par Réveillon, et dont les trous ou les taches avaient été soigneusement dissimulés sous des pains à cacheter. Des estampes représentant les batailles d'Alexandre par Lebrun, mais à cadres dédorés, garnissaient symétriquement les murs. Au milieu de cette pièce était une table d'acajou massif, vieille de formes et à bords usés. Un petit poêle, dont le tuyau droit et sans coude s'apercevait à peine, se trouvait devant la cheminée, dont l'âtre contenait une armoire. Par un contraste bizarre, les chaises offraient quelques vestiges d'une splendeur passée, elles étaient en acajou sculpté ; mais le maroquin rouge du siège, les clous dorés et les cannetilles montraient des cicatrices aussi nombreuses que celles des vieux sergents de la garde impériale. Cette pièce servait de musée à certaines choses qui ne se rencontrent que dans ces sortes de ménages amphibies, objets innommés participant à la fois du luxe et de la misère. Entre autres curiosités, Hippolyte remarqua une longue-vue magnifiquement ornée, suspendue au-dessus de la petite glace verdâtre qui décorait la cheminée. Pour appareiller cet étrange mobilier, il y avait entre la cheminée et la cloison un mauvais buffet peint en acajou, celui de tous les bois qu'on réussit le moins à simuler. Mais le carreau rouge et glissant, mais les méchants petits tapis placés devant les chaises, mais les meubles, tout reluisait de cette propreté frotteuse qui prête un faux lustre aux vieilleries en accusant encore mieux leurs défectuosités, leur âge et leurs longs services. Il régnait dans cette pièce une senteur indéfinissable résultant des exhalaisons du capharnaüm mêlées aux vapeurs de la salle à manger et à celles de l'escalier, quoique la fenêtre fût entrouverte et que l'air de la rue agitât les rideaux de percale soigneusement étendus, de manière à cacher l'embrasure où les précédents locataires avaient signé leur présence par diverses incrustations, espèces de fresques domestiques. Adélaïde ouvrit promptement la porte de l'autre chambre, où elle introduisit le peintre avec un certain plaisir. Hippolyte, qui jadis avait vu chez sa mère les mêmes signes d'indigence, les remarqua avec la singulière vivacité d'impression qui caractérise les premières acquisitions de notre mémoire, et entra mieux que tout autre ne l'aurait fait dans les détails de cette existence. En reconnaissant les choses de sa vie d'enfance, ce bon jeune homme n'eut ni mépris de ce malheur caché, ni orgueil du luxe qu'il venait de conquérir pour sa mère.

« Eh bien, monsieur ! j'espère que vous ne vous sentez plus de votre chute ? lui dit la vieille mère en se levant d'une antique bergère placée au coin de la cheminée et en lui présentant un fauteuil.

— Non, madame. Je viens vous remercier des bons soins que vous m'avez donnés, et surtout mademoiselle qui m'a entendu tomber. »

En disant cette phrase, empreinte de l'adorable stupidité que donnent à l'âme les premiers troubles de l'amour vrai, Hippolyte regardait la jeune fille. Adélaïde allumait la lampe à double courant d'air, sans doute pour faire disparaître une chandelle contenue dans un grand martinet de cuivre et ornée de quelques cannelures saillantes par un coulage extraordinaire. Elle salua légèrement, alla mettre le martinet dans l'antichambre, revint placer la lampe sur la cheminée, et s'assit près de sa mère, un peu en arrière du peintre, afin de pouvoir le regarder à son aise en paraissant très occupée du début de la lampe dont la lumière, saisie par l'humidité d'un verre terni, pétillait en se débattant avec une mèche noire et mal coupée. En voyant la grande glace qui ornait la cheminée, Hippolyte y jeta promptement les yeux pour admirer Adélaïde. La petite ruse de la jeune fille ne servit donc qu'à les embarrasser tous deux. En causant avec Mme Leseigneur, car Hippolyte lui donna ce nom à tout hasard, il examina le salon, mais décemment et à la dérobée. On voyait à peine les figures égyptiennes des chenets en fer dans un foyer plein de cendres où des tisons essayaient de se rejoindre devant une fausse bûche en terre cuite, enterrée aussi soigneusement que peut l'être le trésor d'un avare. Un vieux tapis d'Aubusson bien raccommodé, bien passé, usé comme l'habit d'un invalide, ne couvrait pas tout le carreau dont la froideur se faisait sentir aux pieds. Les murs avaient pour ornement un papier rougeâtre, figurant une étoffe en lampas à dessins jaunes. Au milieu de la paroi opposée à celle des fenêtres, le peintre vit une fente et les cassures produites dans le papier par les portes d'une alcôve où Mme Leseigneur couchait sans doute, et qu'un canapé placé devant déguisait mal. En face de la cheminée, au-dessus d'une commode en acajou dont les ornements ne manquaient pas de richesse ni de goût se trouvait le portrait d'un militaire de haut grade que le peu de lumière ne permit pas au peintre de distinguer ; mais d'après le peu qu'il en vit, il pensa que cette effroyable croûte devait avoir été peinte en Chine. Aux fenêtres, des rideaux en soie rouge étaient décolorés comme le meuble en tapisserie jaune et rouge de ce salon à deux fins. Sur le marbre de la commode, un précieux plateau de malachite supportait une douzaine de tasses à café, magnifiques de peinture, et sans doute faites à Sèvres. Sur la cheminée s'élevait l'éternelle pendule de l'Empire, un guerrier guidant les quatre chevaux d'un char dont la roue porte à chaque rais le chiffre d'une heure. Les bougies des flambeaux étaient jaunies par la fumée, et à chaque coin du chambranle on voyait un vase en porcelaine couronné de fleurs artificielles pleines de poussière et garnies de mousse. Au milieu de la pièce, Hippolyte remarqua une table de jeu dressée et des cartes neuves. Pour un observateur, il y avait je ne sais quoi de désolant dans le spectacle de cette misère fardée comme une vieille femme qui veut faire mentir son visage. A ce spectacle, tout homme de bon sens se serait proposé secrètement et tout d'abord cette espèce de dilemme : ou ces deux femmes sont la probité même, ou elles vivent d'intrigues et de jeu. Mais en voyant Adélaïde, un jeune homme aussi pur que Schinner devait croire à l'innocence la plus parfaite, et prêter aux incohérences de ce mobilier les plus honorables causes.

« Ma fille, dit la vieille dame à la jeune personne, j'ai froid, faites-nous un peu de feu, et donnez-moi mon châle. »

Adélaïde alla dans une chambre contiguë au salon où sans doute elle couchait, et revint en apportant à sa mère un châle de cachemire qui neuf dut avoir un grand prix, les dessins étaient indiens ; mais vieux, sans fraîcheur et plein de reprises, il s'harmoniait avec les meubles. Mme Leseigneur s'en enveloppa très artistement et avec l'adresse d'une vieille femme qui voulait faire croire à la vérité de ses paroles. La jeune fille courut lestement au capharnaüm, et reparut avec une poignée de menu bois qu'elle jeta bravement dans le feu pour le rallumer.

Il serait assez difficile de traduire la conversation qui eut lieu entre ces trois personnes. Guidé par le tact que donnent presque toujours les malheurs éprouvés dès l'enfance, Hippolyte n'osait se permettre la moindre observation relative à la position de ses voisines, en voyant autour de lui les symptômes d'une gêne si mal déguisée. La plus simple question eût été indiscrète et ne devait être faite que par une amitié déjà vieille. Néanmoins le peintre était profondément préoccupé de cette misère cachée, son âme généreuse en souffrait ; mais sachant ce que toute espèce de pitié, même la plus amie, peut avoir d'offensif, il se trouvait mal à l'aise du désaccord qui existait entre ses pensées et ses paroles. Les deux dames parlèrent d'abord de peinture, car les femmes devinent très bien les secrets embarras que cause une première visite ; elles les éprouvent peut-être, et la nature de leur esprit leur fournit mille ressources pour les faire cesser. En interrogeant le jeune homme sur les procédés matériels de son art, sur ses études. Adélaïde et sa mère surent l'enhardir à causer. Les riens indéfinissables de leur conversation animée de bienveillance amenèrent tout naturellement Hippolyte à lancer des remarques ou des réflexions qui peignirent la nature de ses mœurs et de son âme. Les chagrins avaient prématurément flétri le visage de la vieille dame, sans doute belle autrefois ; mais il ne lui restait plus que les traits saillants, les contours, en un mot le squelette d'une physionomie dont l'ensemble indiquait une grande finesse, beaucoup de grâce dans le jeu des yeux où se retrouvait l'expression particulière aux femmes de l'ancienne cour et que rien ne saurait définir. Ces traits si fins, si déliés pouvaient tout aussi bien dénoter des sentiments mauvais, faire supposer l'astuce et la ruse féminines à un haut degré de perversité que révéler les délicatesses d'une belle âme. En effet, le visage de la femme a cela d'embarrassant pour les observateurs vulgaires, que la différence entre la franchise et la duplicité, entre le génie de l'intrigue et le génie du cœur, y est imperceptible. L'homme doué d'une vue pénétrante devine ces nuances insaisissables que produisent une ligne plus ou moins courbe, une fossette plus ou moins creuse, une saillie plus ou moins bombée ou proéminente. L'appréciation de ces diagnostics est tout entière dans le domaine de l'intuition, qui peut seule faire découvrir ce que chacun est intéressé à cacher. Il en était du visage de cette vieille dame comme de l'appartement qu'elle habitait : il semblait aussi difficile de savoir si cette misère couvrait des vices ou une haute probité, que de reconnaître si la mère d'Adélaïde était une ancienne coquette habituée à tout peser, à tout calculer, à tout vendre, ou une femme aimante, pleine de noblesse et d'aimables qualités. Mais à l'âge de Schinner, le premier mouvement du cœur est de croire au bien. Aussi, en contemplant le front noble et presque dédaigneux d'Adélaïde, en regardant ses yeux pleins d'âme et de pensées, respira-t-il, pour ainsi dire, les suaves et modestes parfums de la vertu. Au milieu de la conversation, il saisit l'occasion de parler des portraits en général, pour avoir le droit d'examiner l'effroyable pastel dont toutes les teintes avaient pâli, et dont la poussière était en grande partie tombée.

« Vous tenez sans doute à cette peinture en faveur de la ressemblance, mesdames, car le dessin en est horrible ? dit-il en regardant Adélaïde.

— Elle a été faite à Calcutta, en grande hâte », répondit la mère d'une voix émue.

Elle contempla l'esquisse informe avec cet abandon profond que donnent les souvenirs de bonheur quand ils se réveillent et tombent sur le cœur, comme une bienfaisante rosée aux fraîches impressions de laquelle on aime à s'abandonner ; mais il y eut aussi dans l'expression du visage de la vieille dame les vestiges d'un deuil éternel. Le peintre voulut du moins interpréter ainsi l'attitude et la physionomie de sa voisine, près de laquelle il vint alors s'asseoir.

« Madame, dit-il, encore un peu de temps, et les couleurs de ce pastel auront disparu. Le portrait n'existera plus que dans votre mémoire. Là où vous verrez une figure qui vous est chère, les autres ne pourront plus rien apercevoir. Voulez-vous me permettre de transporter cette ressemblance sur la toile ? elle y sera plus solidement fixée qu'elle ne l'est sur ce papier. Accordez-moi, en faveur de notre voisinage, le plaisir de vous rendre ce service. Il se rencontre des heures pendant lesquelles un artiste aime à se délasser de ses grandes compositions par des travaux d'une portée moins élevée, ce sera donc pour moi une distraction que de refaire cette tête. »

La vieille dame tressaillit en entendant ces paroles, et Adélaïde jeta sur le peintre un de ces regards recueillis qui semblent être un jet de l'âme. Hippolyte voulait appartenir à ses deux voisines par quelque lien, et conquérir le droit de se mêler à leur vie. Son offre, en s'adressant aux plus vives affections du cœur, était la seule qu'il lui fût possible de faire : elle contentait sa fierté d'artiste, et n'avait rien de blessant pour les deux dames. Mme Leseigneur accepta sans empressement ni regret, mais avec cette conscience des grandes âmes qui savent l'étendue des liens que nouent de semblables obligations et qui en font un magnifique éloge, une preuve d'estime.

« Il me semble, dit le peintre, que cet uniforme est celui d'un officier de marine ?

— Oui, dit-elle, c'est celui des capitaines de vaisseau. M. de Rouville, mon mari, est mort à Batavia des suites d'une blessure reçue dans un combat contre un vaisseau anglais qui le rencontra sur les côtes d'Asie. Il montait une frégate de cinquante-six canons, et le *Revenge* était un vaisseau de quatre-vingt-seize. La lutte fut très inégale ; mais il se défendit si courageusement qu'il la maintint jusqu'à la nuit et put échapper. Quand je revins en France, Bonaparte n'avait pas encore le pouvoir, et l'on me refusa une pension. Lorsque, dernièrement, je la sollicitai de nouveau, le ministre me dit avec dureté que si le baron de Rouville eût émigré, je l'aurais conservé ; qu'il serait sans doute aujourd'hui contre-amiral ; enfin, Son Excellence finit par m'opposer je ne sais quelle loi sur les déchéances. Je n'ai fait cette démarche, à laquelle des amis m'avaient poussée, que pour ma pauvre Adélaïde. J'ai toujours eu de la répugnance à tendre la main au nom d'une douleur qui ôte à une femme sa voix et ses forces. Je n'aime pas cette évaluation pécuniaire d'un sang irréparablement versé...

— Ma mère, ce sujet de conversation vous fait toujours mal. »

Sur ce mot d'Adélaïde, la baronne Leseigneur de Rouville inclina la tête et garda le silence.

« Monsieur, dit la jeune fille à Hippolyte, je croyais que les travaux des peintres étaient en général peu bruyants ? »

A cette question, Schinner se prit à rougir en se souvenant de son tapage. Adélaïde n'acheva pas et lui sauva quelque mensonge en se levant tout à coup au bruit d'une voiture qui s'arrêtait à la porte, elle alla dans sa chambre d'où elle revint aussitôt en tenant deux flambeaux dorés garnis de bougies entamées qu'elle alluma promptement ; et sans attendre le tintement de la sonnette, elle ouvrit la porte de la première pièce, où elle laissa la lampe. Le bruit d'un baiser reçu et donné retentit jusque dans le cœur d'Hippolyte. L'impatience que le jeune homme eut de voir celui qui traitait si familièrement Adélaïde ne fut pas promptement satisfaite, les arrivants eurent avec la jeune fille une conversation à voix basse qu'il trouva bien longue. Enfin, Mlle de Rouville reparut suivie de deux hommes dont le costume, la physionomie et l'aspect sont toute une histoire. Agé d'environ soixante ans, le premier portait un de ces habits inventés, je crois, pour Louis XVIII alors régnant, et dans lesquels le problème vestimental le plus difficile fut résolu par un tailleur qui devrait être immortel. Cet artiste connaissait, à coup sûr, l'art des transitions qui fut tout le génie de ce temps si politiquement mobile. N'est-ce pas un bien rare mérite que de savoir juger son époque ? Cet habit, que les jeunes gens d'aujourd'hui peuvent prendre pour une fable, n'était ni civil ni militaire et pouvait passer tour à tour pour militaire et pour civil. Des fleurs de lys brodées ornaient les retroussis des deux pans de derrière. Les boutons dorés étaient également fleurdelisés. Sur les épaules, deux attentes vides demandaient des épaulettes inutiles. Ces deux symptômes de milice étaient là comme une pétition sans apostille. Chez le vieillard, la boutonnière de cet habit en drap bleu de roi était fleurie de plusieurs rubans. Il tenait sans doute toujours à la main son tricorne garni d'une ganse d'or, car les ailes neigeuses de ses cheveux poudrés n'offraient pas trace de la pression du chapeau. Il semblait ne pas avoir plus de cinquante ans, et paraissait jouir d'une santé robuste. Tout en accusant le caractère loyal et franc des vieux émigrés, sa physionomie dénotait aussi les mœurs libertines et faciles, les passions gaies et l'insouciance de ces mousquetaires, jadis si célèbres dans les fastes de la galanterie. Ses gestes, son allure, ses manières annonçaient qu'il ne voulait se corriger ni de son royalisme, ni de sa religion, ni de ses amours.

Une figure vraiment fantastique suivait ce prétentieux *voltigeur de Louis XIV* (tel fut le sobriquet donné par les bonapartistes à ces nobles restes de la monarchie) ; mais pour la bien peindre il faudrait en faire l'objet principal du tableau où elle n'est qu'un accessoire. Figurez-vous un personnage sec et maigre, vêtu comme l'était le premier, mais n'en étant pour ainsi dire que le reflet, ou l'ombre, si vous voulez. L'habit, neuf chez l'un, se trouvait vieux et flétri chez l'autre. La poudre des cheveux semblait moins blanche chez le second, l'or des fleurs de lys moins éclatant, les attentes de l'épaulette plus désespérées et plus recroquevillées, l'intelligence plus faible, la vie plus avancée vers le terme fatal que chez le premier. Enfin, il réalisait ce mot de Rivarol sur Champcenetz : « C'est mon clair de lune. » Il n'était que le double de l'autre, le double pâle et pauvre, car il se trouvait entre eux toute la différence qui existe entre la première et la dernière épreuve d'une lithographie. Ce vieillard muet fut un mystère pour le peintre, et resta constamment un mystère. Le chevalier, il était chevalier, ne parla pas, et personne ne lui parla. Était-ce un ami, un parent pauvre, un homme qui restait près du vieux galant comme une demoiselle de compagnie près d'une vieille femme ? Tenait-il le milieu entre le chien, le perroquet et l'ami ? Avait-il sauvé la fortune ou seulement la vie de son bienfaiteur ? Était-ce le *Trim* d'un autre capitaine Tobie ? Ailleurs, comme chez la baronne de Rouville, il excitait toujours la curiosité sans jamais la satisfaire. Qui pouvait, sous la Restauration, se rappeler l'attachement qui liait avant la Révolution ce chevalier à la femme de son ami, morte depuis vingt ans ?

Le personnage qui paraissait être le plus neuf de ces deux débris s'avança galamment vers la baronne de Rouville, lui baisa la main, et s'assit auprès d'elle. L'autre salua et se mit près de son type, à une distance représentée par deux chaises. Adélaïde vint appuyer ses coudes sur le dossier du fauteuil occupé par le vieux gentilhomme en imitant, sans le savoir, la pose que Guérin a donnée à la sœur de Didon dans son célèbre tableau. Quoique la familiarité du gentilhomme fût celle d'un père, pour le moment ses libertés parurent déplaire à la jeune fille.

« Eh bien ! tu me boudes ? » dit-il. Puis il jeta sur Schinner un de ces regards obliques pleins de finesse et de ruse, regards diplomatiques dont l'expression trahissait la prudente inquiétude, la curiosité polie des gens bien élevés qui semblent demander en voyant un inconnu : « Est-il des nôtres ? »

« Vous voyez notre voisin, lui dit la vieille dame en lui montrant Hippolyte. Monsieur est un peintre célèbre dont le nom doit être connu de vous malgré votre insouciance pour les arts. »

Le gentilhomme reconnut la malice de sa vieille amie dans l'omission du nom, et salua le jeune homme.

« Certes, dit-il, j'ai beaucoup entendu parler de ses tableaux au dernier Salon. Le talent a de beaux privilèges, monsieur, ajouta-t-il en regardant le ruban rouge de l'artiste. Cette distinction, qu'il nous faut acquérir au prix de notre sang et de longs services, vous l'obtenez jeunes ; mais toutes les gloires sont sœurs », ajouta-t-il en portant les mains à sa croix de Saint-Louis.

Hippolyte balbutia quelques paroles de remerciement, et rentra dans son silence, se contentant d'admirer avec un enthousiasme croissant la belle tête de jeune fille par laquelle il était charmé. Bientôt il s'oublia dans cette contemplation, sans plus songer à la misère profonde du logis. Pour lui, le visage d'Adélaïde se détachait sur une atmosphère lumineuse. Il répondit brièvement aux questions qui lui furent adressées et qu'il entendit heureusement, grâce à une singulière faculté de notre âme dont la pensée peut en quelque sorte se dédoubler parfois. A qui n'est-il pas arrivé de rester plongé dans une méditation voluptueuse ou triste, d'en écouter la voix en soi-même, et d'assister à une conversation ou à une lecture ? Admirable dualisme qui souvent aide à prendre les ennuyeux en patience ! Féconde et riante, l'espérance lui versa mille pensées de bonheur, et il ne voulut plus rien observer autour de lui. Enfant plein de confiance, il lui parut honteux d'analyser un plaisir. Après un certain laps de temps, il s'aperçut que la vieille dame et sa fille jouaient avec le vieux gentilhomme. Quant au satellite de celui-ci, fidèle à son état d'ombre, il se tenait debout derrière son ami dont le jeu le préoccupait, répondant aux muettes questions que lui faisait le joueur par de petites grimaces approbatives qui répétaient les mouvements interrogateurs de l'autre physionomie.

« Du Halga, je perds toujours, disait le gentilhomme.

— Vous écartez mal, répondait la baronne de Rouville.

— Voilà trois mois que je n'ai pas pu vous gagner une seule partie, reprit-il.

— Monsieur le comte a-t-il des as ? demanda la vieille dame.

— Oui. Encore un marqué, dit-il.

— Voulez-vous que je vous conseille ? disait Adélaïde.

— Non, non, reste devant moi. Ventre-de-biche ! ce serait trop perdre que de ne pas t'avoir en face. »

Enfin la partie finit. Le gentilhomme tira sa bourse, et jetant deux louis sur le tapis, non sans humeur : « Quarante francs, juste comme de l'or, dit-il. Et diantre ! il est onze heures.

— Il est onze heures », répéta le personnage muet en regardant le peintre.

Le jeune homme, entendant cette parole un peu plus distinctement que toutes les autres, pensa qu'il était temps de se retirer. Rentrant alors dans le monde des idées vulgaires, il trouva quelques lieux communs pour prendre la parole, salua la baronne, sa fille, les deux inconnus, et sortit en proie aux premières félicités de l'amour vrai, sans chercher à s'analyser les petits événements de cette soirée.

Le lendemain, le jeune peintre éprouva le désir le plus violent de revoir Adélaïde. S'il avait écouté sa passion, il serait entré chez ses voisines dès six heures du matin, en arrivant à son atelier. Il eut cependant encore assez de raison pour attendre jusqu'à l'après-midi. Mais, aussitôt qu'il crut pouvoir se présenter chez Mme de Rouville, il descendit, sonna, non sans quelques larges battements de cœur ; et, rougissant comme une jeune fille, il demanda timidement le portrait du baron de Rouville à Mlle Leseigneur qui était venue lui ouvrir.

« Mais entrez », lui dit Adélaïde qui l'avait sans doute entendu descendre de son atelier.

Le peintre la suivit, honteux, décontenancé, ne sachant rien dire, tant le bonheur le rendait stupide. Voir Adélaïde, écouter le frissonnement de sa robe, après avoir désiré pendant toute une matinée d'être près d'elle, après s'être levé cent fois en disant : « Je descends ! » et n'être pas descendu, c'était, pour lui, vivre si richement que de telles sensations trop prolongées lui auraient usé l'âme. Le cœur a la singulière puissance de donner un prix extraordinaire à des riens. Quelle joie n'est-ce pas pour un voyageur de recueillir un brin d'herbe, une feuille inconnue, s'il a risqué sa vie dans cette recherche ! Les riens de l'amour sont ainsi, la vieille dame n'était pas dans le salon. Quand la jeune fille s'y trouva seule avec le peintre, elle apporta une chaise pour avoir le portrait ; mais, en s'apercevant qu'elle ne pouvait pas le décrocher sans mettre le pied sur la commode, elle se tourna vers Hippolyte et lui dit en rougissant : « Je ne suis pas assez grande. Voulez-vous le prendre ? »

Un sentiment de pudeur, dont témoignaient l'expression de sa physionomie et l'accent de sa voix, fut le véritable motif de sa demande ; et le jeune homme, la comprenant ainsi, lui jeta un de ces regards intelligents qui sont le plus doux langage de l'amour. En voyant que le peintre l'avait devinée, Adélaïde baissa les yeux par un mouvement de fierté dont le secret appartient aux vierges. Ne trouvant pas un mot à dire, et presque intimidé, le peintre prit alors le tableau, l'examina gravement en le mettant au jour près de la fenêtre, et s'en alla sans dire autre chose à Mlle Leseigneur que : « Je vous le rendrai bientôt. » Tous deux, pendant ce rapide instant, ils ressentirent une de ces commotions vives dont les effets dans l'âme peuvent se comparer à ceux que produit une pierre jetée au fond d'un lac. Les réflexions les plus douces naissent et se succèdent, indéfinissables, multipliées, sans but, agitant le cœur comme les rides circulaires qui plissent longtemps l'onde en partant du point où la pierre est tombée. Hippolyte revint dans son atelier armé de ce portrait. Déjà son chevalet avait été garni d'une toile, une palette chargée de couleurs ; les pinceaux étaient nettoyés, la place et le jour choisis. Aussi, jusqu'à l'heure du dîner, travailla-t-il au portrait avec cette ardeur que les artistes mettent à leurs caprices. Il revint le soir même chez la baronne de Rouville, et y resta depuis neuf heures jusqu'à onze. Hormis les différents sujets de conversation, cette soirée ressembla fort exactement à la précédente. Les deux vieillards arrivèrent à la même heure, la même partie de piquet eut lieu, les mêmes phrases furent dites par les joueurs, la somme perdue par l'ami d'Adélaïde fut aussi considérable que celle perdue la veille ; seulement Hippolyte, un peu plus hardi, osa causer avec la jeune fille.

Huit jours se passèrent ainsi, pendant lesquels les sentiments du peintre et ceux d'Adélaïde subirent ces délicieuses et lentes transformations qui amènent les âmes à une parfaite entente. Aussi, de jour en jour, le regard par lequel Adélaïde accueillait son ami devint-il plus intime, plus confiant, plus gai, plus franc ; sa voix, ses manières eurent-elles quelque chose de plus onctueux, de plus familier. Schinner voulut apprendre le piquet. Ignorant et novice, il fit naturellement école sur école, et, comme le vieillard, il perdit presque toutes les parties. Sans s'être encore confié leur amour, les deux amants savaient qu'ils s'appartenaient l'un à l'autre. Tous deux riaient, causaient, se communiquaient leurs pensées, parlaient d'eux-mêmes avec la naïveté de deux enfants qui, dans l'espace d'une journée, ont fait connaissance, comme s'ils s'étaient vus depuis trois ans. Hippolyte se plaisait à exercer son pouvoir sur sa timide amie. Bien des concessions lui furent faites par Adélaïde qui, craintive et dévouée, était la dupe de ces fausses bouderies que l'amant le moins habile ou la jeune fille la plus naïve inventent et dont ils se servent sans cesse comme les enfants gâtés abusent de la puissance que leur donne l'amour de leur mère. Ainsi, toute familiarité cessa promptement entre le vieux comte et Adélaïde. La jeune fille comprit les tristesses du peintre et les pensées cachées dans les plis de son front, dans l'accent brusque du peu de mots qu'il prononçait lorsque le vieillard baisait sans façon les mains ou le cou d'Adélaïde. De son côté, Mlle Leseigneur demanda bientôt à son amoureux un compte sévère de ses moindres actions : elle était si malheureuse, si inquiète quand Hippolyte ne venait pas, elle savait si bien le gronder de ses absences, que le peintre dut renoncer à voir ses amis, à hanter le monde. Adélaïde laissa percer la jalousie naturelle aux femmes en apprenant que parfois, en sortant de chez Mme de Rouville, à onze heures, le peintre faisait encore des visites et parcourait les salons les plus brillants de Paris. Selon elle, ce genre de vie était mauvais pour la santé ; puis, avec cette conviction profonde à laquelle l'accent, le geste et le regard d'une personne aimée donnent tant de pouvoir, elle prétendit « qu'un homme obligé de prodiguer à plusieurs femmes à la fois son temps et les grâces de son esprit ne pouvait pas être l'objet d'une affection bien vive ». Le peintre fut donc amené, autant par le despotisme de la passion que par les exigences d'une jeune fille aimante, à ne vivre que dans ce petit appartement où tout lui plaisait. Enfin, jamais amour ne fut ni plus pur ni plus ardent. De part et d'autre, la même foi, la même délicatesse firent croître cette passion sans le secours de ces sacrifices par lesquels beaucoup de gens cherchent à se prouver leur amour. Entre eux il existait un échange continuel de sensations si douces, qu'ils ne savaient lequel des deux donnait ou recevait le plus. Un penchant involontaire rendait l'union de leurs âmes toujours plus étroite. Le progrès de ce sentiment vrai fut si rapide que, deux mois après l'accident auquel le peintre avait dû le bonheur de connaître Adélaïde, leur vie était devenue une même vie. Dès le matin, la jeune fille, entendant le pas du peintre, pouvait se dire : « Il est là ! » Quand Hippolyte retournait chez sa mère à l'heure du dîner, il ne manquait jamais de venir saluer ses voisines ; et le soir, il accourait, à l'heure accoutumée, avec une ponctualité d'amoureux. Ainsi, la femme la plus tyrannique et la plus ambitieuse en amour n'aurait pu faire le plus léger reproche au jeune peintre. Aussi Adélaïde savoura-t-elle un bonheur sans mélange et sans bornes en voyant se réaliser dans toute son étendue l'idéal qu'il est si naturel de rêver à son âge. Le vieux gentilhomme vint moins souvent, le jaloux Hippolyte l'avait remplacé le soir, au tapis vert, dans son malheur constant au jeu. Cependant, au milieu de son bonheur, en songeant à la désastreuse situation de Mme de Rouville car il avait acquis plus d'une preuve de sa détresse, il fut saisi par une pensée importune. Déjà plusieurs fois il s'était dit en rentrant chez lui : « Comment ! vingt francs tous les soirs ? » Et il n'osait s'avouer à lui-même d'odieux soupçons. Il employa deux mois à faire le portrait, et quand il fut fini, verni, encadré, il le regarda comme un de ses meilleurs ouvrages. Mme la baronne de Rouville ne lui en avait plus parlé. Était-ce insouciance ou fierté ? Le peintre ne voulut pas s'expliquer ce silence. Il complota joyeusement avec Adélaïde de mettre le portrait en place pendant une absence de Mme de Rouville. Un jour donc, durant la promenade que sa mère faisait ordinairement aux Tuileries, Adélaïde monta seule, pour la première fois, à l'atelier d'Hippolyte, sous prétexte de voir le portrait dans le jour favorable sous lequel il avait été peint. Elle demeura muette et immobile, en proie à une contemplation délicieuse où se fondaient en un seul tous les sentiments de la femme. Ne se résument-ils pas tous dans une admiration pour l'homme aimé ? Lorsque le peintre, inquiet de ce silence, se pencha pour voir la jeune fille, elle lui tendit la main, sans pouvoir dire un mot ; mais deux larmes étaient tombées de ses yeux ; Hippolyte prit cette main, la couvrit de baisers, et, pendant un moment, ils se regardèrent en silence, voulant tous deux s'avouer leur amour, et ne l'osant pas. Le peintre garda la main d'Adélaïde dans les siennes, une même chaleur et un même mouvement leur apprirent alors que leurs cœurs battaient aussi fort l'un que l'autre. Trop émue, la jeune fille s'éloigna doucement d'Hippolyte, et dit, en lui jetant un regard plein de naïveté : « Vous allez rendre ma mère bien heureuse !

— Quoi ! votre mère seulement, demanda-t-il.

— Oh ! moi, je le suis trop. »

Le peintre baissa la tête et resta silencieux, effrayé de la violence des sentiments que l'accent de cette phrase réveilla dans son cœur. Comprenant alors tous deux le danger de cette situation, ils descendirent et mirent le portrait à sa place. Hippolyte dîna pour la première fois avec la baronne qui, dans son attendrissement et tout en pleurs, voulut l'embrasser. Le soir, le vieil émigré, ancien camarade du baron de Rouville, fit à ses deux amies une visite pour leur apprendre qu'il venait d'être nommé vice-amiral. Ses navigations terrestres à travers l'Allemagne et la Russie lui avaient été comptées comme des campagnes navales. A l'aspect du portrait, il serra cordialement la main du peintre, et s'écria : « Ma foi ! quoique ma vieille carcasse ne vaille pas la peine d'être conservée, je donnerais bien cinq cents pistoles pour me voir aussi ressemblant que l'est mon vieux Rouville. »

A cette proposition, la baronne regarda son ami, et sourit en laissant éclater sur son visage les marques d'une soudaine reconnaissance. Hippolyte crut deviner que le vieil amiral voulait lui offrir le prix des deux portraits en payant le sien. Sa fierté d'artiste, tout autant que sa jalousie peut-être, s'offensa de cette pensée, et il répondit : « Monsieur, si je peignais le portrait, je n'aurais pas fait celui-ci. »

L'amiral se mordit les lèvres et se mit à jouer. Le peintre resta près d'Adélaïde qui lui proposa six rois de piquet, il accepta. Tout en jouant, il observa chez Mme de Rouville une ardeur pour le jeu qui le surprit. Jamais cette vieille baronne n'avait encore manifesté un désir si ardent pour le gain, ni un plaisir si vif en palpant les pièces d'or du gentilhomme. Pendant la soirée, de mauvais soupçons vinrent troubler le bonheur d'Hippolyte, et lui donnèrent de la défiance. Mme de Rouville vivrait-elle donc du jeu ? Ne jouait-elle pas en ce moment pour acquitter quelque dette, ou poussée par quelque nécessité ? Peut-être n'avait-elle pas payé son loyer. Ce vieillard paraissait être assez fin pour ne pas se laisser impunément prendre son argent. Quel intérêt l'attirait dans cette maison pauvre, lui riche ? Pourquoi, jadis si familier près d'Adélaïde, avait-il renoncé à des privautés acquises et dues peut-être ? Ces réflexions involontaires l'excitèrent à examiner le vieillard et la baronne, dont les airs d'intelligence et certains regards obliques jetés sur Adélaïde et sur lui le mécontentèrent. « Me tromperait-on ? » fut pour Hippolyte une dernière idée, horrible, flétrissante, à laquelle il crut précisément assez pour en être torturé. Il voulut rester après le départ des deux vieillards pour confirmer ses soupçons ou pour les dissiper. Il tira sa bourse, afin de payer Adélaïde ; mais, emporté par ses pensées poignantes, il la mit sur la table, tomba dans une rêverie qui dura peu ; puis, honteux de son silence, il se leva, répondit à une interrogation banale de Mme de Rouville et vint près d'elle pour, tout en causant, mieux scruter ce vieux visage. Il sortit en proie à mille incertitudes. Après avoir descendu quelques marches, il rentra pour prendre sa bourse oubliée.

« Je vous ai laissé ma bourse, dit-il à la jeune fille.

— Non, répondit-elle en rougissant.

— Je la croyais là », reprit-il en montrant la table de jeu. Honteux pour Adélaïde et pour la baronne de ne pas l'y voir, il les regarda d'un air hébété qui les fit rire, pâlit et reprit en tâtant son gilet : « Je me suis trompé, je l'ai sans doute. »

Dans l'un des côtés de cette bourse, il y avait quinze louis, et, dans l'autre, quelque menue monnaie. Le vol était si flagrant, si effrontément nié, qu'Hippolyte n'eut plus de doute sur la moralité de ses voisines ; il s'arrêta dans l'escalier, le descendit avec peine ; ses jambes tremblaient, il avait des vertiges, il suait, il grelottait, et se trouvait hors d'état de marcher, aux prises avec l'atroce commotion causée par le renversement de toutes ses espérances. Dès ce moment, il pêcha dans sa mémoire une foule d'observations, légères en apparence, mais qui corroboraient ses affreux soupçons, et qui, en lui prouvant la réalité du dernier fait, lui ouvrirent les yeux sur le caractère et la vie de ces deux femmes. Avaient-elles donc attendu que le portrait fût donné, pour voler cette bourse ? Combiné, le vol semblait encore plus odieux. Le peintre se souvint, pour son malheur, que, depuis deux ou trois soirées, Adélaïde, en paraissant examiner avec une curiosité de jeune fille le travail particulier du réseau de soie usé, vérifiait probablement l'argent contenu dans la bourse en faisant des plaisanteries innocentes en apparence, mais qui sans doute avaient pour but d'épier le moment où la somme serait assez forte pour être dérobée. « Le vieil amiral a peut-être d'excellentes raisons pour ne pas épouser Adélaïde, et alors la baronne aura tâché de me... » A cette supposition, il s'arrêta, n'achevant pas même sa pensée qui fut détruite par une réflexion bien juste : « Si la baronne, pensa-t-il, espère me marier avec sa fille, elles ne m'auraient pas volé. » Puis il essaya, pour ne point renoncer à ses illusions, à son amour déjà si fortement enraciné, de chercher quelque justification dans le hasard. « Ma bourse sera tombée à terre, se dit-il, elle sera restée sur mon fauteuil. Je l'ai peut-être, je suis si distrait ! » Il se fouilla par des mouvements rapides et ne retrouva pas la maudite bourse. Sa mémoire cruelle lui retraçait par instants la fatale vérité. Il voyait distinctement sa bourse étalée sur le tapis ; mais ne doutant plus du vol, il excusait alors Adélaïde en se disant que l'on ne devait pas juger si promptement les malheureux. Il y avait sans doute un secret dans cette action en apparence si dégradante. Il ne voulait pas que cette fière et noble figure fût un mensonge. Cependant cet appartement si misérable lui apparut dénué des poésies de l'amour qui embellit tout : il le vit sale et flétri, le considéra comme la représentation d'une vie intérieure sans noblesse, inoccupée, vicieuse. Nos sentiments ne sont-ils pas, pour ainsi dire, écrits sur les choses qui nous entourent ? Le lendemain matin, il se leva sans avoir dormi. La douleur du cœur, cette grave maladie morale, avait fait en lui d'énormes progrès. Perdre un bonheur rêvé, renoncer à tout un avenir, est une souffrance plus aiguë que celle causée par la ruine d'une félicité ressentie, quelque complète qu'elle ait été : l'espérance n'est-elle pas meilleure que le souvenir ? Les méditations dans lesquelles tombe tout à coup notre âme sont alors comme une mer sans rivage au sein de laquelle nous pouvons nager pendant un moment, mais où il faut que notre amour se noie et périsse. Et c'est une affreuse mort. Les sentiments ne sont-ils pas la partie la plus brillante de notre vie ? De cette mort partielle viennent, chez certaines organisations délicates ou fortes, les grands ravages produits par les désenchantements, par les espérances et les passions trompées. Il en fut ainsi du jeune peintre. Il sortit de grand matin, alla se promener sous les frais ombrages des Tuileries, absorbé par ses idées, oubliant tout dans le monde. Là, par hasard, il rencontra un de ses amis les plus intimes, un camarade de collège et d'atelier, avec lequel il avait vécu mieux qu'on ne vit avec un frère.

« Eh bien, Hippolyte, qu'as-tu donc ? lui dit François Souchet, jeune sculpteur qui venait de remporter le grand prix et devait bientôt partir pour l'Italie.

— Je suis très malheureux, répondit gravement Hippolyte.

— Il n'y a qu'une affaire de cœur qui puisse te chagriner. Argent, gloire, considération, rien ne te manque. »

Insensiblement, les confidences commencèrent, et le peintre avoua son amour. Au moment où il parla de la rue de Surène et d'une jeune personne logée à un quatrième étage : « Halte-là ! s'écria gaiement Souchet. C'est une petite fille que je viens voir tous les matins à l'Assomption, et à laquelle je fais la cour. Mais mon cher, nous la connaissons tous. Sa mère est une baronne ! Est-ce que tu crois aux baronnes logées au quatrième ? Brrr. Ah ! bien, tu es un homme de l'âge d'or. Nous voyons ici, dans cette allée, la vieille mère tous les jours ; mais elle a une figure, une tournure qui disent tout. Comment ! tu n'as pas deviné ce qu'elle est à la manière dont elle tient son sac ? »

Les deux amis se promenèrent longtemps, et plusieurs jeunes gens qui connaissaient Souchet ou Schinner se joignirent à eux.

L'aventure du peintre, jugée comme de peu d'importance, leur fut racontée par le sculpteur.

« Et lui aussi, disait-il, a vu cette petite ! »

Ce fut des observations, des rires, des moqueries innocentes et empreintes de la gaieté familière aux artistes, mais qui firent horriblement souffrir Hippolyte. Une certaine pudeur d'âme le mettait mal à l'aise en voyant le secret de son cœur traité si légèrement, sa passion déchirée, mise en lambeaux, une jeune fille inconnue et dont la vie paraissait si modeste, sujette à des jugements vrais ou faux, portés avec tant d'insouciance. Il affecta d'être mû par un esprit de contradiction, il demanda sérieusement à chacun les preuves de ses assertions, et les plaisanteries recommencèrent.

« Mais, mon cher ami, as-tu vu le châle de la baronne ? disait Souchet.

— As-tu suivi la petite quand elle trotte le matin à l'Assomption ? disait Joseph Bridau, jeune rapin de l'atelier de Gros.

— Ah ! la mère a, entre autres vertus, une certaine robe grise que je regarde comme un type, dit Bixiou le faiseur de caricatures.

— Écoute, Hippolyte, reprit le sculpteur, viens ici vers quatre heures, et analyse un peu la marche de la mère et de la fille. Si, après, tu as des doutes ! eh bien, l'on ne fera jamais rien de toi : tu seras capable d'épouser la fille de ta portière. »

En proie aux sentiments les plus contraires, le peintre quitta ses amis. Adélaïde et sa mère lui semblaient devoir être au-dessus de ces accusations, et il éprouvait, au fond de son cœur, le remords d'avoir soupçonné la pureté de cette jeune fille, si belle et si simple. Il vint à son atelier, passa devant la porte de l'appartement où était Adélaïde, et sentit en lui-même une douleur de cœur à laquelle nul homme ne se trompe. Il aimait Mlle de Rouville si passionnément que, malgré le vol de la bourse, il l'adorait encore. Son amour était celui du chevalier des Grieux admirant et purifiant sa maîtresse jusque sur la charrette qui mène en prison les femmes perdues. « Pourquoi mon amour ne la rendrait-il pas la plus pure de toutes les femmes ? Pourquoi l'abandonner au mal et au vice, sans lui tendre une main amie ? » Cette mission lui plut. L'amour fait son profit de tout. Rien ne séduit plus un jeune homme que de jouer le rôle d'un bon génie auprès d'une femme. Il y a je ne sais quoi de romanesque dans cette entreprise, qui sied aux âmes exaltées. N'est-ce pas le dévouement le plus étendu sous la forme la plus élevée, la plus gracieuse ? N'y a-t-il pas quelque grandeur à savoir que l'on aime assez pour aimer encore là où l'amour des autres s'éteint et meurt ? Hippolyte s'assit dans son atelier, contempla son tableau sans y rien faire, n'en voyant les figures qu'à travers quelques larmes qui lui roulaient dans les yeux, tenant toujours sa brosse à la main, s'avançant vers la toile comme pour adoucir une teinte, et n'y touchant pas. La nuit le surprit dans cette attitude. Réveillé de sa rêverie par l'obscurité, il descendit, rencontra le vieil amiral dans l'escalier, lui jeta un regard sombre en le saluant, et s'enfuit. Il avait eu l'intention d'entrer chez ses voisines, mais l'aspect du protecteur d'Adélaïde lui glaça le cœur et fit évanouir sa résolution. Il demanda pour la centième fois quel intérêt pouvait amener ce vieil homme à bonnes fortunes, riche de quatre-vingt mille livres de rentes, dans ce quatrième étage où il perdait environ quarante francs tous les soirs ; et cet intérêt, il crut le deviner. Le lendemain et les jours suivants, Hippolyte se jeta dans le travail pour tâcher de combattre sa passion par l'entraînement des idées et par la fougue de la conception. Il réussit à demi. L'étude le consola sans parvenir cependant à étouffer les souvenirs de tant d'heures caressantes passées auprès d'Adélaïde. Un soir, en quittant son atelier, il trouva la porte de l'appartement des deux dames entrouverte. Une personne y était debout, dans l'embrasure de la fenêtre. La disposition de la porte et de l'escalier ne permettait pas au peintre de passer sans voir Adélaïde, il la salua froidement en lui lançant un regard plein d'indifférence ; mais, jugeant des souffrances de cette jeune fille par les siennes, il eut un tressaillement intérieur en songeant à l'amertume que ce regard et cette froideur devaient jeter dans un cœur aimant. Couronner les plus douces fêtes qui aient jamais réjoui deux âmes pures par un dédain de huit jours, et par le mépris le plus profond, le plus entier ?... affreux dénouement ! Peut-être la bourse était-elle retrouvée, et peut-être chaque soir Adélaïde avait-elle attendu son ami ? Cette pensée si simple, si naturelle fit éprouver de nouveaux remords à l'amant, il se demanda si les preuves d'attachement que la jeune fille lui avait données, si les ravissantes causeries empreintes d'un amour qui l'avait charmé, ne méritaient pas au moins une enquête, ne valaient pas une justification. Honteux d'avoir résisté pendant une semaine aux vœux de son cœur, et se trouvant presque criminel de ce combat, il vint le soir même chez Mme de Rouville. Tous ses soupçons, toutes ses pensées mauvaises s'évanouirent à l'aspect de la jeune fille pâle et maigrie.

« Eh, bon Dieu ! Qu'avez-vous donc ? » lui dit-il après avoir salué la baronne.

Adélaïde ne lui répondit rien, mais elle lui jeta un regard plein de mélancolie, un regard triste, découragé, qui lui fit mal.

« Vous avez sans doute beaucoup travaillé, dit la vieille dame, vous êtes changé. Nous sommes la cause de votre réclusion. Ce portrait aura retardé quelques tableaux importants pour votre réputation. »

Hippolyte fut heureux de trouver une si bonne excuse à son impolitesse.

« Oui, dit-il, j'ai été fort occupé, mais j'ai souffert... »

A ces mots, Adélaïde leva la tête, regarda son amant, et ses yeux inquiets ne lui reprochèrent plus rien.

« Vous nous avez donc supposées bien indifférentes à ce qui peut vous arriver d'heureux ou de malheureux ? dit la vieille dame.

— J'ai eu tort, reprit-il. Cependant il est de ces peines que l'on ne saurait confier à qui que ce soit, même à un sentiment moins jeune que ne l'est celui dont vous m'honorez...

— La sincérité, la force de l'amitié ne doivent pas se mesurer d'après le temps. J'ai vu de vieux amis ne pas se donner une larme dans le malheur, dit la baronne en hochant la tête.

— Mais qu'avez-vous donc, demanda le jeune homme à Adélaïde.

— Oh ! rien, répondit la baronne. Adélaïde a passé quelques nuits pour achever un ouvrage de femme, et n'a pas voulu m'écouter lorsque je lui disais qu'un jour de plus ou de moins importait peu... »

Hippolyte n'écoutait pas. En voyant ces deux figures si nobles, si calmes, il rougissait de ses soupçons, et attribuait la perte de sa bourse à quelque hasard inconnu. Cette soirée fut délicieuse pour lui, et peut-être aussi pour elle. Il y a de ces secrets que les âmes jeunes entendent si bien ! Adélaïde devinait les pensées d'Hippolyte. Sans vouloir avouer ses torts, le peintre les reconnaissait, il revenait à sa maîtresse plus aimant, plus affectueux, en essayant ainsi d'acheter un pardon tacite. Adélaïde savourait des joies si parfaites, si douces qu'elles ne lui semblaient pas trop payées par tout le malheur qui avait si cruellement froissé son âme. L'accord si vrai de leurs cœurs, cette entente pleine de magie, fut néanmoins troublé par un mot de la baronne de Rouville.

« Faisons-nous notre petite partie ? dit-elle, car mon vieux Kergarouët me tient rigueur. »

Cette phrase réveilla toutes les craintes du jeune peintre, qui rougit en regardant la mère d'Adélaïde ; mais il ne vit sur ce visage que l'expression d'une bonhomie sans fausseté : nulle arrière-pensée n'en détruisait le charme, la finesse n'en était point perfide, la malice en semblait douce, et nul remords n'en altérait le calme. Il se mit alors à la table de jeu. Adélaïde voulut partager le sort du peintre, en prétendant qu'il ne connaissait pas le piquet, et avait besoin d'un *partner*. Mme de Rouville et sa fille se firent, pendant la partie, des signes d'intelligence qui inquiétèrent d'autant plus Hippolyte qu'il gagnait ; mais à la fin, un dernier coup rendit les deux amants débiteurs de la baronne. En voulant chercher de la monnaie dans son gousset, le peintre retira ses mains de dessus la table, et vit alors devant lui une bourse qu'Adélaïde y avait glissée sans qu'il s'en aperçût ; la pauvre enfant tenait l'ancienne, et s'occupait par contenance à y chercher de l'argent pour payer sa mère. Tout le sang d'Hippolyte afflua si vivement à son cœur qu'il faillit perdre connaissance. La bourse neuve substituée à la sienne, et qui contenait ses quinze louis, était brodée en perles d'or. Les coulants, les glands, tout attestait le bon goût d'Adélaïde, qui sans doute avait épuisé son pécule aux ornements de ce charmant ouvrage. Il était impossible de dire avec plus de finesse que le don du peintre ne pouvait être récompensé que par un témoignage de tendresse. Quand Hippolyte, accablé de bonheur, tourna les yeux sur Adélaïde et sur la baronne, il les vit tremblant de plaisir et heureuses de cette aimable supercherie. Il se trouva petit, mesquin, niais ; il aurait voulu pouvoir se punir, se déchirer le cœur. Quelques larmes lui vinrent aux yeux, il se leva par un mouvement irrésistible, prit Adélaïde dans ses bras, la serra contre son cœur, lui ravit un baiser ; puis, avec une bonne foi d'artiste : « Je vous la demande pour femme », s'écria-t-il en regardant la baronne.

Adélaïde jetait sur le peintre des yeux à demi courroucés, et Mme de Rouville un peu étonnée cherchait une réponse, quand cette scène fut interrompue par le bruit de la sonnette. Le vieux vice-amiral apparut suivi de son ombre et de Mme Schinner. Après avoir deviné la cause des chagrins que son fils essayait vainement de lui cacher, la mère d'Hippolyte avait pris des renseignements auprès de quelques-uns de ses amis sur Adélaïde. Justement alarmée des calomnies qui pesaient sur cette jeune fille à l'insu du comte de Kergarouët dont le nom lui fut dit par la portière, elle était allée les conter au vice-amiral, qui dans sa colère « voulait, disait-il, couper les oreilles à ces bélîtres ». Animé par son courroux, l'amiral avait appris à Mme Schinner le secret des pertes volontaires qu'il faisait au jeu, puisque la fierté de la baronne ne lui laissait que cet ingénieux moyen de la secourir.

Lorsque Mme Schinner eut salué Mme de Rouville, celle-ci regarda le comte de Kergarouët, le chevalier du Halga, l'ancien ami de la feue comtesse de Kergarouët, Hippolyte, Adélaïde, et dit avec la grâce du cœur : « Il paraît que nous sommes en famille ce soir. »

Paris, mai 1832.

| La vendetta | 5 |
| La bourse | 65 |

Achevé d'imprimer en Europe
à Pössneck (Thuringe, Allemagne)
en juin 1999 pour le compte de EJL
84, rue de Grenelle 75007 Paris
Dépôt légal juin 1999

Diffusion France et étranger : Flammarion